공작새 쓰러지다

공작새 쓰러지다

———— 정권의 몰락과 음모 ————

이청 지음

좋은땅

목차

이 소설은 모두 3편으로 구성돼 있다. 다뤄진 내용은 가상(假想)의 공간에서 일어난 가상의 얘기다. 따라서 소설에서 나오는 모든 인물, 나라, 지역, 집단, 줄거리 등은 현실 세계에서는 존재하지 않는 허구(虛構)라는 것을 밝혀 둔다.

I
공작새 쓰러지다

··

정권의 몰락과 음모

디데이(D-day) 새벽

5월 3일 새벽 4시. 율반(가상의 나라)의 신학대학원 학생 길형로(吉亨魯)가 침대에 누워 있다. 밤새 뒤척이다가 잠이 들었나 싶었는데 이내 눈이 떠졌다. 겨우 2시간 잤을까? 오후 2시로 예정된 일을 벌이려면 아직 10시간이나 남아 있다.

"더 자야 할 텐데."

잠을 청했지만 불안감 때문에 더 이상 잠이 안 올 것 같다. 마음을 가라앉히려고 누운 채로 기도를 한다.

"악령을 파멸시키라는 사명을 맡겨 주시니 감사합니다."

기도를 하고 난 뒤에도 여전히 불안하다. 예행연습을 한 번이라도 더 해야 덜 불안할 것 같다. 일어나 불을 켜고 벽장문을 연다. 벽장 안에는 장미꽃 한 다발과 검정색 호신용 스프레이 1개가 나란히 놓여 있다. 꽃다발을 꺼낸다. 꽃다발에는 붓글씨로 "손미령 여사님 사랑합니다."라고 적은 리본이 달려 있다. 손미령은 율반의 행정수반인 마원일 수상의 부인 이름이다. 리본이 구겨지지 않고 잘 간수된 것을 보고 꽃다발을 도로 벽장에 넣는다. 그러고는 호신용 스프레이를 오른손에 쥐고 검지로 분사 버튼을 누르는 시늉을 한다.

형로의 불우한 유년 시절

형로는 차이퐁(가상의 나라)의 소수민족인 율반족이다. 때문에 차이
퐁 말과 율반 말이 모두 유창하다. 그는 24년 전 사회주의 국가인 차이
퐁에서 아버지의 첩에게서 태어났다.

형로의 유년 시절, 생모는 첩의 신세를 한탄하며 사이비 종교인 수
인교(壽仁敎)에 의지해 아들의 장수복락을 빌다가 어느 순간 교주에게
빠지게 된다. 교주는 불교, 기독교, 무속을 혼합한 "영생 불변"의 교리
를 만들어 신도들을 홀렸다.

교주에게 빠진 생모는 재물을 바치는 것도 모자라 끝내는 집을 뛰쳐
나가 그와 살림을 차린다. 그때 여섯 살이던 형로는 집안의 천덕꾸러
기로 외롭게 자란다. 형로가 열다섯 살 때 생모와 동거하던 교주는 사
기죄로 복역한 얼마 뒤 사망한다. 뒤이어 생활고와 우울증이 겹친 생
모가 자살한다.

그때부터 형로의 가슴속엔 어머니를 파멸시킨 사이비 종교를 향한

원한이 사무쳤다. 첩의 자식이라고 냉대받는 차이퐁에서도 살기 싫어졌다. 출구를 찾던 그는 4년 전 상속 유산을 처분하고 조상의 뼈가 묻혀 있는 율반으로 건너왔다.

형로의 애인 주취란(周翠蘭)

형로에게는 같은 차이퐁 국적의 애인이 있다. 주취란(周翠蘭), 23세. 아버지는 차이퐁의 훈족이지만 어머니가 율반족이기 때문에 율반 말도 능숙하다. 그 때문에 3년 전 차이퐁 정부로부터 율반어 장학생으로 선발돼 율반으로 유학 왔다.

취란은 형로가 졸업한 율반대학의 1년 후배로 현재 졸업반이다. 차이퐁 사람으로는 드물게 독실한 기독교 신자이면서 '사이비 종교 연구소'에서 비상임 연구원으로 일하고 있다. 형로와 취란은 같은 국적이라는 동질감 때문에 취란이 대학에 입학하면서부터 쉽게 가까워졌다.

그런데 2년 전, 그러니까 둘이 사귄 지 1년쯤 되는 어느 날 취란이 불쑥 사이비 종교와 악령에 관한 얘기를 꺼내면서 형로에게 큰 변화가 일어난다. 그전에는 취란이 그런 얘기를 한 적이 없었다. 혹시나 사이비 종교를 증오하는 형로의 기분을 상하게 할 수 있기 때문이었다. 그런데 이상하게도 그날은 취란의 입에서 사이비 종교 얘기가 술술 흘러나왔다.

"오빠, 인간은 영적(靈的)인 세계를 절대로 이길 수 없어. 인간이 범접할 수 없는 초월적 영역이니까."

형로가 잠자코 듣고 있자 취란이 말을 이어 갔다.

"그런데 사이비 종교에도 영적인 세계가 있어. 그들의 영적인 힘도 거기서 나오는 거고. 사이비 종교에 빠지면 빠져나올 수 없는 것도 영적인 힘에 잡혀 있기 때문이야."

"사이비가 어떻게 영적인 힘을 가질 수 있지?"

"그들이 영적인 힘을 가졌다 해도 하나님으로부터 내려온 신령한 힘이 아니야. 악령이 내린 힘일 뿐이지."

"악령의 힘에도 능력이 있어?"

"악령은 간교한 계교로 인간을 속여 파멸로 이끄는 힘이 있어. 그게 악령의 능력이야."

그 순간 형로의 머릿속에서 사이비 종교에 발을 들였다가 인생을 망친 어머니가 떠올랐다.

"악령에게 붙잡히면 빠져나올 수 없나 보지?"

"아니야, 예수의 능력이라면 악령을 물리칠 수 있어."

"예수에게 그런 능력이 있나?"

"예수는 귀신 들린 사람의 몸속에서 악령을 내쫓았어. 지금도 예수의 능력 앞에 줄행랑치는 악령들이 수두룩하다고."

　그 말을 듣자 사이비 종교에 대한 원한으로 가득 찬 형로의 가슴속에서 청량한 기운이 샘솟았다. 그들을 물리칠 수 있는 능력이 존재한다니 반갑지 않을 수 없었다.

"예수의 능력이라고 했나? 어떡하면 도움받을 수 있지?"

　형로와 나란히 오솔길을 걷고 있던 취란이 형로 앞으로 와서 그를 똑바로 쳐다봤다.

"오빠, 신앙을 가질 생각은 없어?"

형로는 말이 없었다. 하지만 취란은 형로가 흔들리고 있음을 알아차렸다.

"신앙을 가져 봐. 예수의 능력으로 악령을 물리칠 테니까."

얼마 뒤 형로는 교회에 나가 예배를 보기 시작했다. 졸업이 다가오면서 예수의 능력에 대한 확신이 커지자 내친김에 달리고 싶었다. 목사가 돼서 사이비 종교를 쫓아내는 데 신명을 바치기로 결심한 것이다. 그리고 금년 2월 신학대학원에 진학했다.

차이퐁 보안부 2국

2개월 전인 3월 초. 차이퐁(가상의 나라)의 국가정보기관인 최고보안부의 부장에게 2국장이 긴급 보고를 하러 왔다. 2국은 동북아시아의 정보를 담당하는 조직이다.

"돌발사태가 일어났습니다. 율반이 등을 돌렸습니다."

차이퐁과 인접한 율반은 1년 전인 작년 3월 우파인 조열성 수상이 '국가 질서 회복'을 명분으로 무모하게 비상조치를 선포했다가 역풍을 맞아 임기 중간에 쫓겨나고, 2개월 뒤 마원일 수상이 이끄는 좌파 정권이 들어선 뒤 전통적 우방인 아리카(가상의 나라), 지판(가상의 나라)과는 소원해졌지만 사회주의 국가인 차이퐁과는 끈끈한 관계를 맺어왔다.

"율반이 아리카, 지판과 함께 우리를 견제하려는 계획을 세웠습니다. 증거를 잡았습니다."

아리카는 차이퐁과 군사·경제적 패권을 다투는 경쟁관계이고, 섬나라인 지판도 차이퐁과 영토·무역 분쟁을 겪고 있다. 2국장은 부장에게 율반이 만든 계획서의 요약본을 보여 줬다.

〈대(對)차이퐁 3국 공동 견제방안〉

1. 군사적 결속

- 3국 통합 미사일 방어체계 구축(사드(THAAD), 이지스 구축함, 패트리엇 시스템)
- 동북아 및 태평양 지역에서 공동 군사기지의 확장

- 아리카 전략자산의 율반 영해 고정 배치
- 남차이퐁해와 토이완 해협에서 정기 합동훈련 실시
- AI, 드론, 극초음속 무기 등 최첨단 무기 공동 개발
- 차이퐁 사이버 공격에 공동 대응하는 방어센터 설립
- 첩보 위성, 해상 감시 체계, 드론 데이터의 공유

2. 차이퐁의 경제적 지배력 축소

- CPTPP(환태평양경제동반자협정) 및 IPEF(인도-태평양 경제 프레임 워크)를 활용하여 세 나라 사이의 경제블록 강화
- 반도체, 배터리, AI와 같은 첨단산업 분야에서 경제적 디커플링 (탈차이퐁) 추진
- 반도체 생산 및 공급망을 통합 관리하여 차이퐁의 기술적 영향 력을 제한
- 차이퐁 의존도가 높은 자원의 대체 공급망을 공동 개발하고, 제 3국에서 광물 자원을 공동으로 확보
- 수소 경제, 재생 에너지 기술 분야에서 공동전선을 형성해 에너 지 패권전쟁에서 차이퐁의 영향력 축소

문건을 보고 난 부장의 얼굴이 굳어졌다.

"율반 정부가 작성한 게 확실한지 알아봤소?"

"정보의 성격상 율반 쪽이 곧이곧대로 확인해 줄 것 같지 않습니다. 그러나 OPK(율반의 국가정보기관)에 심어 놓은 협조자가 제보했기 때문에 믿을 수 있는 정보입니다."

"이게 실행되면 우린 세 나라에 둘러싸이고 글로벌 전략에 타격을 받게 돼. 토이완(가상의 섬)을 되찾기도 어려워지고."

그 순간 부장은 최대 교역국인 율반이 막대한 리스크를 무릅쓰고 갑자기 돌아선 것이 이해가 되지 않았다.

"갑자기 왜 이러지? 우리와 잘 지내 왔잖아."

"아리카가 패권전쟁을 선포하니까 그쪽으로 확실하게 줄을 서는 것이 유리하다고 판단한 것 같습니다."

아리카는 얼마 전 영토와 통상 분야에서 자국의 이익을 극대화하는 '패권전쟁'을 선포했다. 불이익을 당하게 된 다른 나라들은 '제국주의적 야욕'이라며 반발하고 있었다.

"그따위 거창한 이유 말고 손에 잡히는 이유를 대 보시오."

부장의 질책을 받은 국장의 얼굴이 벌게졌다.

"3개월 전 율반에서 폭동이 일어났을 때 우리가 도와주지 못한 것 때문에 배신감을 느낀 것 같습니다."

작년 12월 율반에 경제 위기가 닥치고 실업자가 쏟아지자 생존권을 요구하는 대규모 시위가 벌어졌다. 우파 수상이 쫓겨난 이후 분을 삭이던 우파 세력이 가세하자 폭동으로 악화됐다. 그때 율반이 차이퐁에 지원을 요청했다. 그러나 차이퐁의 검토가 길어지는 사이 아리카가 170억 불을 지원하여 마원일 수상을 위기에서 구해 줬다.

"제때 도움을 못 받았으니 서운할 수도 있겠지만 돌아설 필요까지 있을까? 조금 늦긴 했지만 우리도 도움을 줬잖소."

부장이 시큰둥한 반응을 보이자 국장은 다른 이유를 댔다.

"보수적인 율반 군부가 마원일의 좌편향 노선에 반발하려는 조짐을 보이니까 위기감을 느낀 것으로 보입니다,"

"마원일의 장악력이 그 정도로 허약하단 말이오?"

"그것 말고도 중요한 첩보 2개를 입수했습니다만 확인이 안 된 내용이라 미처 보고 드리지 못했습니다."

부장의 귀가 쫑긋해졌다.

"마원일이 국제 무기상 카슨으로부터 3천만 불을 뇌물로 받아 스우스(가상의 나라) UBK 은행에 숨겨 놨는데, 계좌번호를 알아낸 OPA(아리카 국가정보기관)가 협박을 했다고 합니다, 협조하지 않으면 폭로하겠다고."

"신빙성이 어느 정도요?"

"사실 여부를 확인 중이라 단정하기 어렵습니다."

"다른 첩보는?"

"마원일이 영생교라는 종교로부터 '차이퐁을 손절하지 않으면 불행해진다.'라는 계시를 받았다고 합니다, 영생교는 기독교를 흉내 내고 있지만 본질은 사이비 종교입니다."

"마원일이 영생교를 믿고 있소?"

"부인이 깊이 빠져 있다고 합니다. 본인은 극구 부인하지만 소문이
파다합니다. 정통종교를 믿는 것처럼 알리바이를 만들어 놓고 뒤로는
밀접하게 지낸다고 합니다."

듣고 있던 부장이 버럭 화를 냈다.

"파악한 이유라는 게 고작 추측 아니면 풍문뿐이오? 정보기관이라면
확실한 팩트를 알아내야지."

"면목 없습니다."

국장은 머리를 숙여 사죄한 뒤 한숨을 내쉬었다.

"심상찮은 움직임이 또 있습니다. 지판(가상의 나라) 군대를 율반 땅
에 끌어들이는 구상까지 하고 있다고 합니다."

국장은 율반의 고위 공직자가 기록한 메모를 내밀었다.

"마원일이 내린 지침을 정리한 거라고 합니다."

1. 차이풍이 쥐고 있는 동북아시아 주도권을 흔들기 위해 지판 군대를 우리 땅에 들여오는 방안을 검토할 것.

2. 지판군 파병을 단계적으로 추진하는 것이 좋겠음.
   - 1차적으로 IT 군사기술 교류를 명분으로 소대급 비전투부대(기술부대) 파병
   - 2차적으로 기술부대 보호를 명분으로 중대급 전투부대를 보낸 다음, 1년 안에 연대급 규모로 증편

3. 사전 정지작업이 필요한 사항(아래 내용 참고)
   - 지판 및 아리카와 사전 협의
   - 파병을 막고 있는 법적 제약 극복(지판 평화헌법)
   - 지판과 방위조약 체결(파병의 합법성 확보)

4. 국내 반대론을 무마하기 위한 보상책 검토(예를 들어 다음과 같은 보상책)
   - 지판이 율반에 안보협력 기금 100억 불 제공
   - 분쟁의 상징인 덕도(德島) 영유권을 지판이 포기

마원일이 차이풍을 견제하려고 경쟁국과 군사·경제적으로 결속하는 데 그치지 않고 지판 군대까지 율반에 끌어들이려 한다는 정보를 접한 부장은 분노가 치밀었다.

"과거 지판 군대가 율반에 쳐들어가 얼마나 많은 악행을 저질렀어. 또다시 지판 군대가 들어온다면 율반 인민들이 용납하겠어? 말도 안 되는 몽상을 꾸고 있구먼."

"마원일의 생각은 다르다고 합니다. 파병의 장벽이 높지만 시도하는 것만으로 우리를 견제하는 효과가 커다는 겁니다."

부장의 입에서 욕설이 튀어나왔다.

"위험하기 짝이 없는 놈."

"마원일은 아리카에게 코가 꿰어 있습니다. 우리를 음해하는 사이비 종교의 덫에도 걸려 있습니다. 무슨 짓을 벌일지 알 수 없습니다."

어느새 부장의 분노가 두려움으로 변했다

"우리 코앞에서 째깍째깍 시한폭탄이 돌아가는 것 같아. 재앙이 언제 닥칠지 알 수 없어."

"재앙은 이미 시동이 걸려 있습니다. 페달을 밟기만 하면 출발하게 됩니다. 대책을 서둘러야 합니다."

"생각해 봤소, 대책?"

"시동이 꺼지면 출발할 수 없지 않겠습니까."

부장이 그 말의 뜻을 헤아리는 사이 국장이 덧붙였다.

"시동을 건 사람은 마원일입니다. 드롭(drop)시키면 시동이 꺼질 수밖에 없습니다."

그러면서 오른손 엄지를 펴 아래로 내리자 부장은 흠칫하며 제동을 걸었다.

"외교적인 해법도 있는데 너무 성급한 처방 아니오?"

"마원일을 돌려 세우기엔 너무 멀리 나갔습니다. 외교적인 해법은 시효가 지났습니다."

"그렇다면 통상 압력을 고려해 보든가."

"상호적(相互的)인 해법이라 낙관하기 어렵습니다. 결과가 나타나려면 시간도 많이 걸립니다."

"군사적인 해법도 있지 않소, 무력시위로 겁을 주는."

"막대한 비용이 들고 희생이 따를 수 있습니다. 자칫하면 전쟁으로 번지게 됩니다. 군사적 카드는 시기상조입니다."

"그래서 드롭(drop)시키자는 거요?"

"적은 비용으로 신속하게 목적을 이룰 수 있습니다. 맡겨 주시면 깔끔하게 처리하겠습니다."

국장이 열정적으로 건의했지만 부장은 난색을 보였다.

"정보를 100% 믿을 수 있겠소? 우리와 마원일 정부를 이간질하려는 허위정보일 수도 있잖소."

"협조자는 한 번도 부정확한 정보를 건넨 적이 없습니다."

"그렇지만 OPA(아리카의 국가정보기관)가 협조자를 포섭해 역이용했을 가능성도 있지 않소."

"협조자는 여기에 재산의 반을 투자하고, 자식을 두 명이나 유학 보냈습니다. 배신했을 가능성은 없습니다."

"정보 세계에서 영원한 동지는 없다는 말 잊고 있소?"

"협조자는 위험을 무릅쓰고 어렵게 정보를 입수했습니다. 이걸 믿지 못하면 어떤 정보도 믿을 수 없습니다."

그러나 부장은 끝내 받아들이지 않았다.

"아무래도 율반이 돌아선 이유를 정확히 알 때까지 지켜보는 게 좋겠소. 흑백이 가려진 뒤에 나서도 늦지 않을 거요."

"마원일은 3개월 전 폭동이 일어난 뒤 흔들리고 있습니다. 절호의 기회를 놓치면 땅을 치고 후회하게 될 겁니다."

국장이 고집을 꺾지 않자 부장의 참을성에 한계가 왔다.

"더 들을 얘기 없으니 그만 나가 보시오."

돌아서 나가는 국장의 등에 대고 부장이 소리쳤다.

"경거망동해선 안 됩니다. 명심하시오."

차이퐁 보안부 요원의 분노

건의를 퇴짜 맞은 당순원(唐淳元) 국장은 분노를 참을 수 없었다. 그는 '율반 소요사태 대비책'을 비롯해 수십 건의 프로젝트를 설계한 최고의 율반 전문가였다. 상부에서도 능력을 높이 평가하고 있었다. 다만 국수주의적(國粹主義的)인 소신에 대해서는 경계를 하고 있었다. 국익을 위해선 무슨 일이든 해야 한다는 신념이 지나치게 투철하기 때문이었다. 당순원 국장은 책상을 내리치며 푸념을 쏟아 냈다.

"안보를 위해선 아리카(가상의 나라)도 과감하게 장애물을 제거하는데, 사회주의 강국을 건설해 세계를 이끌어 가겠다는 우리 차이퐁이 유약한 모습을 보이다니 정말 실망이다."

3년 전 아리카 코앞에 있는 칠롱(가상의 나라)이 사회주의 노선을 걷자 위협을 느낀 아리카는 쿠데타를 사주하여 우스틴 총통을 죽이고 우파 정권을 세웠다. 국제적으로 비난이 쏟아졌지만 아리카의 안보는 튼튼해졌다.

"언제 터질지 모르는 폭탄을 그냥 둘 수는 없어."

격한 감정을 이기지 못하고 울다가 웃다가 하며 책상에 엎드려 있던 당순원이 벌떡 일어나 소리쳤다.

"바로 그거야. 나 혼자라도 해내고 말겠어."

그러고는 금고에서 공작원들의 인물 카드를 꺼내 하나씩 살피기 시작했다. 공작원이란, 보안부의 정식 요원은 아니지만 요원의 지휘 아래 활동하는 에이전트를 말한다. 당순원이 카드를 한 장씩 넘기다가 갑자기 멈췄다. 그의 앞에는 여성 공작원 주취란(周翠蘭)의 인물 카드가 펼쳐져 있었다.

- 가명: 주취란(周翠蘭), 본명: 호란주(胡蘭珠)
- 여성, 23세, 미혼, 신장 165cm, 몸무게 48kg, 중상위급 용모, 적극적인
  성격
- 훈족, 호조성 상동 출신
- 아버지는 훈족으로 인민학교 교사, 어머니는 율반족으로 방직공장 노
  동자
- 활동 거점: 드봉(율반의 수도)
- 율반대학 4학년 재학 중, 위장 조직 '사이비 종교 연구소' 비상근 직원

- 2021년 공작원 채용, 6개월 교육 후 율반에 파견, 율반 내 종교 및 학원 정보 수집
- 충성심 투철, 업무능력 양호
- 기독교 신자, 율반어 능통
- 율반에 유학 온 율반족(길형로, 24세, 신학대학원 1학년)과 연인 관계

　당순원 국장의 얼굴에 미소가 떠올랐다. 만족감을 드러낸 당순원은 주취란을 핸들링하고 있는 공작관 류소태(劉少太)를 불렀다. 류소태는 당순원과 같은 열렬한 국수주의자로 6년째 당순원을 보좌하고 있는 심복이다.

　"율반에 나가 있는 주취란이 근무 잘하고 있나?"

　"정기 보고와 수시 보고 모두 최상급입니다. 사생활 잡음도 전혀 없습니다."

　"애인이 있다면서?"

　"율반족인데 율반에서 신학대학원에 다니고 있습니다."

　"신상 정보가 있나?"

"파악해서 보고드리겠습니다."

조금 뒤 류소태는 길형로의 신상 정보를 파악해 당순원에게 보고했다.

「주취란의 애인은 어머니가 사이비 종교의 꾐에 빠져 가출했다가
자살한 것을 계기로 사이비 종교에 원한이 사무친 인물임. 목사가
돼 사이비 종교를 때려잡겠다며 신학대학원에 진학해 재학 중임.」

당순원 국장은 쾌재를 불렀다.

"진흙 속에서 진주를 찾은 기분이 이런 걸까?"

거사(擧事) 설계

이틀 뒤. 허공을 응시하던 당순원이 주먹을 불끈 쥐었다.

"최소의 비용으로 최대의 효과를 거두겠어."

곧이어 심복 류소태를 불렀다.

"주취란 공작원을 극비리에 불러들여."

"이리로 데려옵니까?"

"귀관이 공항에서 만나 미션을 시달하고 바로 돌려보내."

"미션을 내려 주십시오."

당순원은 잠시 숨을 고른 뒤 따뜻하게 말을 건넸다.

"어이, 류소태. 나하고 얼마나 같이 일했지?"

"6년 정도 된 것 같습니다."

"그럼 내 말귀를 잘 알아듣겠네?"

"물론입니다. 무슨 말씀이라도 다 알아듣습니다."

"오늘 아침 상부에 올린 보고서 읽어 봤지?"

"저도 작성에 참여했기 때문에 내용을 알고 있습니다."

"그렇다면 마원일이 위험하다는 거 잘 알겠구먼."

"배신감이 듭니다. 우리 국익을 위협하는 것은 말할 것도 없습니다."

"그런데 부장님께 그냥 둬서는 안 된다고 했더니 일언지하에 거부당했어. 정보가 불확실하니 좀 더 지켜보자는 거야. 귀관도 허위정보라고 생각하나?"

"OPK(율반의 국가정보기관)의 협조자는 한 번도 실망시킨 적이 없습니다. 확실한 정보를 두고 의심하는 것은 시간 낭비입니다."

"내 생각 같아선 당장이라도 마원일을 엎어 버리고 싶어."

"배신한 동지가 더 무서운 법입니다. 화근을 잘라내야 합니다."

"하지만 부장님이 불허하시니 어쩌겠어."

"신속히 대처하지 않으면 안보에 구멍이 뚫릴 겁니다. 부장님이 불허하신다면 국장님이 차선책이라도 마련하셔야 합니다."

당순원은 류소태가 자기를 전폭적으로 지지한다는 것을 확인하고는 본심을 꺼냈다.

"좋아. 함께해 볼 텐가?"

"어떤 지시든 따르겠습니다."

"여섯 개 원칙 아래 움직인다."

"설명해 주십시오."

"첫째, 목표는 공작새다."

"공작새라면, 마원일 부인 손미령 말입니까?"

"마원일을 치는 것이 어려우니 차선책을 택하는 거야."

"공작새가 쓰러지면 마원일이 타격을 받을까요?"

"공작새가 쓰러지면 율반에 혼란이 일어날 거고, 의지할 데가 없어진 마원일은 갈팡질팡하다 스스로 내려올 수밖에 없어. 공작새 없는 마원일은 팥 없는 호빵에 불과하니까."

"결국 스리쿠션으로 마원일을 치는 거군요."

"율반에는 우리 차이퐁 국적을 가진 율반족들이 80만 명이나 살고 있어. 비록 율반 사람의 피가 흐르고 있지만 차이퐁에 대한 충성심은 누구보다 투철하지. 이들이 혼란에 가세하면 마원일은 무너질 수밖에 없어."

"기막힌 묘수입니다."

"둘째, 최소한의 인원만 참여시킨다. 인원이 많으면 비밀이 새 나가고 책임 소재도 흩어져 실패할 확률이 높아."

"그래도 지휘 계통이 서 있어야 굴러가지 않겠습니까."

"본관이 지휘한다."

"무조건 따르겠습니다."

"셋째, 연결고리를 완벽하게 은닉한다."

"차단의 원칙을 철저히 지키라는 말씀이시죠?"

"그렇지. 주취란을 여기로 데려오지 말고 공항에서 만난 뒤 돌려보내라고 한 이유를 알겠지?"

"주취란과의 연결고리는 저밖에 없습니다."

"넷째, 무기를 사용하지 않는다."

"그럼?"

"호신용 스프레이를 사용한다."

"왜 하필 스프레이입니까?"

"쉽게 구입할 수 있고 조그마해서 거사에는 제격이지."

"스프레이로 목적을 달성할 수 있겠습니까?"

"스프레이 약재에는 고추, 겨자, 냉이 같은 매운맛 성분이 들어 있어. 때문에 사람을 죽일 수는 없지. 하지만 약재 속에 독극물이 들어 있다면 얘기가 달라져."

"무슨 말씀인지 알겠습니다. 약재에 독극물을 주입해서 분사하면 치명률이 높아질 겁니다."

"다섯째, 주취란의 애인을 최종 집행자로 포섭한다. 포섭과 훈련을 주취란에게 맡긴다."

"그 친구를 포섭하려는 이유가 있습니까?"

"그 친구가 사이비 종교에 원한이 맺혀 있어. 지금 율반에선 공작새가 사이비 종교의 뒷배라는 소문이 파다해. 이만하면 적개심을 가질 만하겠지?"

"적개심을 자극해 거사를 부추기라는 거죠?"

"설득하기에 따라서는 의외로 쉬운 방식일 수 있어."

"주취란에게 애인을 포섭하고 훈련시키는 일을 맡겨도 해낼 수 있겠습니까?"

"지침만 내리고 나머지는 맡겨 둬. 충분히 해낼 수 있을 거야. 이제야 밝히지만 주취란은 공산당 비밀당원이야. 사회주의적 멘탈이 누구보다 강하지."

"충분히 이해가 됩니다."

"여섯째, 앞으로 귀관과 주취란은 특수 비화기를 이용해 연락을 취한다. 주취란과 애인도 거사와 관련한 휴대전화 문자, 녹음, 메모, 일기 등 어떤 형태의 기록도 남겨선 안 돼."

"주취란이 들어오면 철저히 교육시키겠습니다."

시동을 거는 주취란(周翠蘭)

3월 초순. 새벽부터 세차게 내리던 빗줄기가 가늘어졌다. 신학대학원에 갓 입학한 형로가 원룸에서 성경을 읽고 있는데 취란이 찾아왔다.

"취란아, 어제는 어디 갔었어? 종일 전화도 받지 않고."

어제 취란은 반잔(차이퐁의 수도)으로 가서 류소태 공작관에게 미션을 시달받은 뒤 바로 돌아왔다. 드봉(율반의 수도)에서 반잔까지는 비행기로 2시간 거리다.

"몸이 안 좋아서 종일 누워 있었어. 배터리가 나간 줄도 모르고. 미안해."

함께 점심을 먹고 나니 빗줄기가 굵어졌다. 외출하기엔 비가 너무 많이 왔다. '뭘 할까?' 하고 궁리하는데 취란이 뜻밖의 제안을 했다.

"오빠, 술 마실까?"

취란은 가방에서 차이퐁에서 수입한 도수 높은 백주(白酒)를 꺼냈다. 이런저런 얘기를 나누며 마시다가 취기가 돌자 갑자기 취란이 외쳤다.

"사이비 종교가 나랏일에 개입하다니, 그러고도 정상적인 나라라고 할 수 있어?"

뜬금없는 말에 형로가 놀랐다.

"갑자기 왜 그래?"

취란은 형로가 흥분하며 맞장구칠 줄 알았다. 왜냐하면 형로가 사이비 종교를 증오하고 있는 데다, 얼마 전 율반에서 사이비 종교의 국정 개입을 둘러싼 논란이 한바탕 일어났기 때문이다. 하지만 예상과 달리 형로의 반응이 덤덤하다. 사실 형로는 취란이 무슨 말을 하는지 이해가 잘 안 갔다. 그동안 신학대학원 입시를 준비하느라 세상 돌아가는 일에 관심을 두지 않았기 때문이다. 형로의 반응에 실망한 취란은 질 수 없다는 듯이 더욱 목소리를 높였다.

"오빠, 루셔(가상의 나라) 역사 알고 있지?"

루셔는 120년 전 프롤레타리아 혁명으로 봉건왕조가 무너진 뒤 세워진 사회주의 국가다.

"조금 알지."

"사이비 종교인 로스페틴이 왕실을 조종하다가 민심이 돌아서고 결국 혁명이 일어나 왕실이 무너졌잖아."

"그랬었지."

"율반에도 사이비 종교가 나랏일을 좌지우지하는 일이 벌어지고 있대."

"어떤 일에 간여하는데?"

"나라의 중요한 일에 훈수를 두고 선거에까지 개입한다고 소문이 났어."

"앞 정권에선 무속이 설치더니만 이번엔 사이비 종교야?"

"그게 다가 아니야. 사이비 종교가 자기 수족들을 중요한 자리에 심어 놓고 뒤에서 나랏일을 조종하고 있대."

형로는 그들이 누굴 믿고 설치는지 궁금했다.

"그들도 밀어주는 뒷배가 있으니까 설칠 것 아니야?"

취란은 대답을 하지 않고 살짝 화제를 돌렸다.

"사이비 종교가 악령에 사로잡혀 있다는 거 믿고 있지?"

"물론이지."

"오빠가 목사가 되려는 것도 예수의 능력으로 악령을 물리치기 위해서잖아."

"그럼."

"하나님이 내리신 기회가 왔다는 생각은 안 해 봤어?"

형로는 취란이 자기를 어딘가에 엮으려 한다는 예감이 들자 슬며시 겁이 났다. 그래서 일부러 퉁명스럽게 대답했다.

"전혀 생각 안 해 봤어."

하지만 취란은 아랑곳하지 않았다.

"사이비 종교가 나랏일에 개입하면 나라가 악령에 의존해 굴러가는 것과 다름없어."

취란의 열변이 이어졌다.

"사이비 종교가 망친 것은 오빠 엄마만이 아니야. 선량한 사람은 고 사하고 나라까지 넘어뜨릴 수 있어. 루셔 역사가 증명하고 있잖아."

형로는 취란의 말이 듣기 거북했다.

"내 국적은 차이퐁이야. 율반을 걱정할 처지가 아니야."

취란은 물러서지 않았다.

"율반만의 문제가 아니야. 사이비 종교가 설치는 것을 버려둔다면 우상을 숭배하지 말라는 하나님의 계명을 거스르는 죄악이기도 해."

취란의 '설교'가 길어지자 형로는 짜증이 났다.

"그들을 깨부수기라도 하라는 거야?"

얼굴이 굳어진 취란이 형로를 향해 경고를 던졌다.

"오빠는 목사가 될 사람이야. 오빠 같은 사람이 나서지 않으면 하나님으로부터 징계를 받을지 몰라."

"내가 뭘 잘못했다고 징계를 받아?"

징계라는 말에 형로가 화들짝 놀라자 취란이 빈정댔다.

"겁이 나나 보지? 그렇게 겁나면 나서 보든가."

"나서라니? 누구를 향해?"

"오빠, 적의 공격을 받으면 공격이 시작된 원점을 타격하라는 말 들어 봤지?"

"그런데?"

"원점을 타격하면 적의 공격도 그치기 마련이야. 사이비 종교를 못 설치게 하려면 뒤에서 봐주는 원점을 부숴야 해."

"누군데, 원점이?"

취란은 즉답을 하지 않고 형로를 빤히 쳐다봤다.

"누구냐니까?"

형로가 다그치자 취란은 또박또박 한 자씩 이름을 댔다.

"공·작·새, 화려한 깃털을 뽐내는."

"공작새?"

"그 사람이 공작새 관상이래. 암컷 공작새."

형로는 공작새가 누구인지 어렴풋이 짐작이 갔다.

"하필이면 사이비 종교와 붙어서 그러지?"

"말했잖아, 그들의 영적인 힘에 붙잡히면 빠져나올 수 없다고."

형로의 온몸이 떨리기 시작했다. 더 이상 대화를 나누고 싶은 마음도 없어졌다.

"그만하자. 술 마셨더니 졸린다."

형로가 누워 잠을 청하자 취란도 옆에 누워 형로의 귀에 대고 나직이 속삭였다.

"공작새가 왜 영생교를 가까이하는지 궁금하지 않아?"

형로는 자는 척한다.

"오래전부터 영생교에 의존해 재물을 모았다고 소문이 났어. 남편이 출세 가도를 달려온 것도 영생교가 계시하는 대로 따랐기 때문이래."

형로는 그 말을 듣자 사이비 종교에 꼬임을 당해 인생을 망친 어머니가 떠올랐다.

"꼭 오빠가 나서야 해. 그것이 하나님을 기쁘게 해 드리는 길이야. 어머니의 한도 풀어 드려야 하지 않겠어?"

어머니 얘기가 나오자 형로가 벌떡 일어나 앉았다.

"어머니의 한을 풀 수 있다면야 뭐라도 해야겠지."

하지만 이내 마음을 고쳐먹었다.

"그렇지만 공작새를 해치는 것은 아닌 것 같아. 절대로 할 수 없어."

번민하는 형로

형로가 저녁 식사를 하려는데 어제 왔던 취란이 또 왔다.

"오빠, 치킨하고 맥주 사 왔어."

배고프던 차에 맥주를 곁들여 배불리 먹고 나니 한결 마음이 느긋해졌다.

"오빠, 고민 많이 했지?"

형로는 대꾸하지 않았다.

"당장 결심하란 건 아니야. 좀 더 시간을 두고 함께 고민해 보자. 응?"

"아무리 꼬셔도 절대 안 한다. 다시는 꺼내지 마."

하지만 취란은 물러서지 않고 설득을 이어 갔다.

"오빠는 하나님으로부터 거룩한 사명을 받았어. 사이비 종교가 설치는 것도 오빠로 하여금 그들을 치게 하려고 하나님께서 역사(役事)하시기 때문이야."

형로가 반응을 보이지 않자 취란은 최후 통첩하듯 경고를 던지고 돌아갔다.

"오빠의 때가 왔어. 율반을 악령의 주술에서 해방시키라는 것이 하나님이 내린 사명이야. 사명을 피하는 것은 하나님을 거역하는 죄악이라는 걸 알아야 해."

취란이 돌아간 뒤 형로는 밤을 꼬박 새우며 갈등했다.

'예수의 능력으로 악령을 물리칠 수 있다면서 왜 폭력으로 부수려는 것일까? 숨기고 있는 이유가 있지 않을까?'

'하나님이 내린 사명이라고? 하필이면 내게 무거운 짐을 지우실까? 내가 거역한다면 하나님이 벌을 주시려나?'

'다른 사람도 아니고 공작새를 해치면 극형감 아닌가? 현장에서 붙잡혀 내 인생도 종을 치겠지?'

보안부 요원의 핸들링

3월 중순. 차이퐁 보안부의 류소태 공작관이 특수 비화기로 율반에 있는 주취란 공작원과 통화를 했다.

"주 동지, 잘되고 있죠?"

"조만간 결말을 내겠습니다."

"전번에 공항에서 내린 미션은 우리 조국의 중차대한 과업입니다. 반드시 성공해야 합니다."

"명심하겠습니다."

"다섯 개의 미션을 추가로 시달하겠소."

"말씀하십시오."

"첫째, 집행자에게는 호신용 스프레이로 겁만 주는 것이라고 안심시키세요. 독극물을 사용한다는 사실을 절대로 노출해선 안 됩니다."

"둘째, 호신용 스프레이는 집행자가 직접 도우치(가상의 나라) 제품인 검은색 ZENITH 신형으로 구입하도록 하세요. 율반에서 쉽게 구할 수 있는 제품입니다."

"셋째, 구입한 스프레이는 거사 직전에 집행자 모르게 독극물이 든 같은 종류의 스프레이와 바꿔치기합니다. 바꿔치기할 스프레이는 뒤에 보내 주겠소."

"넷째, 거사 동기는 공작새와 사이비 종교의 유착에 격분하여 일으킨 것으로 합니다. 집행자가 자필로 작성토록 하세요. 거사 당일 집행자 주머니에 보관하고 있다가 거사 후 세상에 알려지게 해야 합니다."

"다섯째, 집행자는 공작새 팬 카페에 가입해 열성적으로 활동해야 합니다. 공작새가 참석하는 행사에도 빠짐없이 참석해 공작새와 경호원들의 눈에 친숙하게 만들어야 합니다."

형로의 결심

취란이 매일같이 형로를 찾아와 설득한 지 닷새가 지났다.

"오빠, 이젠 마음을 정할 때도 됐잖아."

한동안 침묵하던 형로가 무겁게 입을 열었다.

"정리가 되긴 됐어."

취란은 그 말을 듣고 너무 기뻐서 "브라보!"라고 소리쳤다. 하지만 형로의 입장은 단호했다.

"신앙적으로 받아들일 수는 있어. 하지만 사람을 해치면서까지 행동할 생각은 없어."

그 말을 듣고 취란이 손뼉을 치며 웃음을 터뜨렸다.

"오빠가 오해를 하고 있구나. 해치려는 게 아니고 겁만 주려는 거야, 호신용 스프레이로."

해치지 않는다는 말을 듣고 형로의 얼굴색이 밝아졌다.

"겁만 준다고?"

"호신용 스프레이는 사람을 해칠 수 없어, 따가운 고통만 줄 뿐이지. 살상력이 없잖아."

"그래 가지고 어떻게 목적을 이룰 수 있어?"

"오빠, 우리의 목적이 사이비 종교를 못 설치게 만드는 거잖아. 그런데 공작새가 봉변을 당하면 세계적인 뉴스가 되겠지? 그러면 공작새와 무속인의 유착을 비난하는 여론이 높아지겠지? 그러면 공작새가 그들을 멀리하겠지? 그러면 사이비 종교가 설치는 일은 사라지지 않겠어?"

형로의 마음이 가벼워졌지만 불안감은 떠나지 않았다.

"해치지 않는다 해도 중벌을 받을 거 아니야, 다른 사람도 아니고 공작새를 건드리는데."

취란은 불안해하는 형로를 안심시키려고 애썼다.

"호신용 스프레이를 사용해서 처벌받았다는 얘기는 듣지 못했어, 살상력 자체가 없으니까. 설령 부상을 입힌다 해도 가벼운 처벌만 받는대."

"그렇지만 신학생이 대형 사고를 쳤다고 욕먹지 않을까?"

"공작새가 사이비 종교에 빠져 있다고 욕하는 사람이 많아. 사람들은 오빠가 의로운 일을 했다고 칭찬할 거야."

형로의 마음이 흔들리기 시작했다. 때를 놓치지 않고 취란이 달콤한 미끼를 던졌다.

"일을 치르면 오빠는 악령을 응징한 용기 있는 신학생으로 우뚝 설 거야. 기독교 역사의 한 페이지를 장식하게 되지. 어머니의 한을 풀어 드리는 아들의 도리도 다하게 되고."

그래도 형로는 확신이 들지 않았다.

"내가 무슨 재주로 할 수 있겠어?"

"걱정하지 마, 하나님이 도와주실 거니까."

형로는 괴로워서 자기의 머리칼을 움켜쥐었다.

"왜 내가 십자가를 져야 하지?"

취란은 형로의 결심이 가까워진 것을 느끼자 형로를 껴안고 울부짖 었다.

"하나님, 나약한 저희들에게 힘을 주소서. 하나님이 도와주시지 않으 면 아무것도 할 수 없습니다. 사명을 온전히 감당할 수 있도록 지혜와 용기를 주옵소서."

그러자 형로도 덩달아 울부짖었다.

"무거운 십자가를 지고 갈 때 하나님 동행하여 주소서."

취란의 선택

취란은 어렵사리 형로의 결심을 받아 냈지만 죄책감 때문에 괴로웠다.

"사랑하는 사람을 사지(死地)로 내몰다니, 그것도 겁만 주는 거라고 속이면서까지."

문득 명령을 따라야 하는 공작원이 된 것이 후회스러웠다.

"공작원이 되고 싶어 됐나? 율반 말을 잘한다는 이유로 징발됐을 뿐이지."

후회가 들수록 이름도, 가족도, 과거사도 다 묻어 버리고 조국에 충성해야 하는 자신이 서글퍼졌다. 취란은 율반에 파견된 후 3년 동안 대학, 교회, 사이비 종교 연구소를 오가며 정보를 수집하고, 때로는 차이펑을 지원하는 여론 공작에도 가담해 양호한 성과를 거뒀다. 때문에 유능한 공작원으로 포상도 받고 졸업 후에는 아리카(가상의 나라) 유학을 보장받기도 했다. 자신감에 취한 취란은 스스로를 전도유망하다고 생각해 왔다. 하지만 거사를 앞두고는 미래가 암울할 것 같다는 예감을 떨칠 수 없었다.

"흔적을 지운다 해도 빈틈이 생기기 마련이지. 오빠가 입을 열 수도 있고. 결국엔 내가 사주한 사실이 드러날 수밖에 없겠지."

더구나 형로는 독극물이 든 스프레이를 사용한다.

"거사가 성공하든 실패하든 오빠는 극형을 받을 거고, 부추긴 나도 마찬가지고."

고심하던 취란은 거사를 치른 뒤 어떻게 행동해야 할지 상부의 지침을 받고 싶었다. 하지만 유일한 연결고리인 류소태 공작관과 더 이상 연락이 닿지 않았다. 취란은 왠지 모르게 불길한 생각이 들었다.

"나와 오빠만 벌판에 던져 놓고 윗선에서는 발을 빼려는 건 아닐까?"

생각이 거기까지 미치자 오기가 생겼다.

"선량한 인민이 속임수에 넘어가 죽어 가는데 미션을 내린 상부가 모른 척을 해? 그렇다면 나도 살길을 찾는 수밖에."

결행을 포기하면 반역자가 되고, 거사를 치르면 저세상에 갈지 모르는 취란의 고민이 깊어 갔다. 그러던 순간 번쩍 하고 묘수가 떠올랐다.

"오빠에겐 미안하지만 두 마리 토끼를 다 잡을 거야. 거사도 치르면서 나도 사는 길을 택하겠어."

그때부터 취란은 거사를 치른 직후 몰래 차이퐁으로 빠져나갈 준비에 들어갔다.

"무단으로 귀국하는 죄는 달게 받겠어. 그래도 여기서 죽는 것보다는 낫겠지."

거사 준비

막상 결심을 하고 보니 형로의 마음이 후련해졌다.

"하나님의 종이 거쳐야 할 관문으로 받아들이자."

준비가 착착 진행됐다. 맨 먼저 형로는 공작새 팬 카페에 가입했다. 자신을 신학대학원 학생으로 목사 지망생이라고 소개하자 쉽게 가입이 허락됐다.

그때부터 형로는 왕성한 카페 활동을 벌였다. 모임에는 100% 출석하고 그때마다 열성적으로 공작새 칭송 발언을 했다. SNS 활동도 열심히 했다. 공작새가 참석하는 행사마다 말쑥한 차림으로 국기와 꽃다발을 들고 나타나 공작새와 경호원들에게 인상적인 모습을 보여 줬다. 얼마 뒤 형로는 카페 회원들 사이에 스타가 돼 있었다. 어느 순간부터는 형로에게 아는 척하는 경호원까지 생겼다.

그사이 형로는 인터넷 쇼핑으로 검은색 ZENITH 신형 스프레이를 구입했다. 취란과 함께 밖으로 나가 버튼을 눌러 보니 분사 거리가 5m 정도 되고 매운맛이 강렬했다.

"이 정도면 겁을 먹을 만하겠네."

형로가 흐뭇하게 스프레이를 바라보는데 취란이 물었다.

"스프레이를 어디다 숨길지 생각해 봤어? 경호원에게 들키면 뺏길 수 있으니까."

"글쎄, 어디다 숨길까?"

"오빠가 행사 때마다 갖고 다니는 꽃다발 뒤에 숨기는 게 좋겠어."

그러면서 취란이 시범을 보인다.

"오른손으로 꽃다발을 잡은 뒤 손바닥 안으로 스프레이를 밀어 넣어.
꽃다발에 가려서 스프레이가 보이지 않게 돼."

형로가 취란이 시키는 대로 해 보니 감쪽같이 스프레이가 숨겨졌다.

"행동할 때는 적어도 3m 안까지는 접근해야 해."

"그러고는?"

"꽃다발을 두 손에 잡고선 두 팔을 쭉 뻗으라고, 꽃다발을 전할 것처럼."

형로가 "이렇게?" 하며 시키는 대로 해 본다.

"그러고는 두 손에 잡고 있는 꽃다발을 왼손으로 옮겨."

"이렇게?"

"동시에 오른손에 쥐고 있는 스프레이 버튼을 눌러야 해."

형로는 스프레이를 벽장 속에 넣어 두고 틈나는 대로 연습했다. 형로가 카페에 가입한 지 2개월 가까이 지난 4월 말 공작새 팬 카페 모임에서 어느 회원이 발언을 신청했다.

"여사님이 곧 지방에 있는 시장을 방문하신다고 들었는데 우리가 응원해야 하지 않을까요?"

회장이 되물었다.

"누가 그럽디까?"

"믿을 만한 분한테 들었어요."

"확인해 보겠습니다."

다음 날 휴대전화 문자로 공지가 떴다.

「5월 3일 10시 실론역 광장. 버스. 14시 샤방 시장.」

형로가 즉각 취란에게 연락했다.

"날짜가 잡혔어. 5월 3일 오후 2시 샤방 시장이야."

"회원들과 함께 가는 거지?"

"10시에 실론역 광장에서 전세 버스로 출발한대."

취란은 즉각 본부의 류소태 공작관에게 연락을 취했다. 그동안 연락이 끊겨 있었는데 웬일인지 연락이 이뤄졌다.

"5월 3일 14시쯤 결행하겠습니다."

"알겠소. 스프레이는 5월 2일 정오 요셉 성당 정문에서 인편으로 전달하겠소."

"일을 마치면 저는 어떻게 할까요?"

"지침을 기다리시오."

비정한 스파이 세계

차이퐁의 최고보안부. 주취란 공작원에게 공작새 제거 임무를 부여한 당순원 국장이 침통한 얼굴을 하고 있다.

"어이, 류소태. 우리는 아직 애송이들 같아."

"갑자기 무슨 말씀이십니까?"

"조금 전에 부장님이 불러서 갔더니 뜬금없이 '잘하고 있지?' 하시는 거야. 아무래도 눈치를 챈 것 같아."

"어떻게 알았을까요?"

"귀관과 주취란의 통화를 엿들은 것 같아."

"처음부터 지켜보고 있었단 말입니까?"

"우리가 그 양반의 손바닥 안에서 놀고 있었던 것 같아."

"혹시 부장님 생각이 바뀐 건 아닐까요?"

"속을 드러내지 않으니 알 수가 있어야지, 그러나 마원일을 위험하게 보는 것은 분명한 것 같아."

"아무래도 모른 척하시는 것 같습니다. 일평생 정보를 하신 분이라 포커페이스가 몸에 배어 있지 않습니까."

"그래서 아리송한 스탠스를 취하는지도 모르지. 잘되면 좋은 거고 잘 못되더라도 책임질 일이 없으니까."

"어떡하실 생각입니까?"

"눈치를 채인 것 같으니 결단을 내려야겠어."

"설마 중단하는 것은 아니겠죠?"

잠시 침묵하던 당순원이 무겁게 입을 열었다.

"성공하든 실패하든 거사 직후 주취란을 처리해야겠어."

류소태는 깜짝 놀랐다.

"무슨 이유로요?"

"우리 보안부가 개입한 흔적을 말끔히 지우려는 거지. 허가받지 않은 프로젝트니까 더더욱 완벽하게 치러야 해."

화가 난 류소태가 항의했다.

"배신도 안 한 공작원을 어떻게 그럴 수 있습니까. 재고해 주십시오."

하지만 사무적인 응답이 돌아왔다.

"대의를 위해선 어쩔 수 없어. 차질 없이 이행하도록."

류소태는 잠시 뒤 K를 호출했다. 이스라엘 무술인 카리브마가의 고수인 K는 율반족으로, 중동의 라고순 내전에 용병으로 참전해 용맹을 떨친 유능한 공작원이었다. 율반에서도 2년간 근무한 적이 있어 언어와 지리에도 밝았다.

"즉시 율반으로 가서 5월 2일 정오 요셉 성당 정문에서 여성에게 스프레이를 전하시오."

"접선 신호를 알려 주십시오."

"여성은 165㎝ 신장에 청바지와 검은색 정장 상의를 입고 있소. 귀관이 '사랑' 하면 상대는 '이별'이라고 할 거요."

"스프레이는 어디에 있습니까?"

"외교파우치 편으로 우리 대사관에 보내 놨소. 대사관으로 가서 보안부 요원 A를 만나 수령하시오."

그리고 나서 류소태는 취란의 주소와 전화번호가 적힌 메모지를 건네며 다른 임무를 내렸다.

"5월 3일 오후, 스프레이를 건네준 여성을 처리하시오."

"다른 임무는 없습니까?"

"임무를 마치면 지체 없이 복귀하시오."

거사 전야(前夜)

5월 2일, 거사 하루 전이다. 취란은 낮 12시 요셉 성당 정문에서 스프레이를 전달받고 형로의 집으로 향했다. 마침 형로가 외출하려고 나서고 있었다.

"어디 가?"

"꽃다발 사려고, 내일 들고 갈."

형로가 꽃다발을 사러 간 사이에 취란은 벽장 속에 있는 스프레이를 꺼내고, 그 자리에는 본부에서 보낸 스프레이를 놓아뒀다. 스프레이에 독극물이 들어 있다고 생각하니 속아서 사지(死地)로 뛰어드는 형로가 너무 불쌍했다.

"오늘이 오빠의 마지막 날이 될지 모른다."

눈물이 주체하지 못하고 줄줄 흘러내렸다. 죄책감으로 괴로워하고 있을 때 형로가 장미 꽃다발을 사 들고 돌아왔다. 꽃다발에는 "손미령 여사님 사랑합니다."라는 글자가 적힌 리본이 달려 있었다.

"오빠, 장미꽃을 사 왔네."

"공작새가 장미꽃을 좋아한다잖아. 행사 때마다 장미 꽃다발을 들고 나갔어."

취란이 꽃다발을 받아 벽장 안에 있는 독극물 스프레이와 나란히 두었다. 스프레이를 바라보던 취란은 혹시 형로가 연습으로 버튼을 누르다가 참극이 벌어질 것이 걱정됐다.

"오빠, 행동하기 전에는 절대 버튼을 눌러선 안 돼."

"누를 일도 없어."

"배터리만 소모되고 잘못하면 고장 날 수도 있으니까 절대로 누르지 마."

"누를 일이 없다니까."

함께 저녁을 먹고 나자 형로가 거사 동기를 적은 자술서를 취란에게 보여 줬다. 자술서는 상부의 지침대로 적혀 있었다. 이제 남은 일은 최종 리허설이다. 형로는 수없이 반복해 온 동작을 취란에게 보여 주었다. 취란은 흡족했다.

"오빠, 준비는 할 만큼 한 것 같아."

"이만하면 충분할까?"

"나머지는 하나님께 맡겨. 하나님의 사명을 감당하는데 도와주시지 않겠어?"

"그래도 두렵다."

"걱정할 필요가 없다고 몇 번이나 말했어. 겁만 주는 건데 뭐가 걱정이야."

잠시 침묵이 흐른 뒤 취란이 입을 뗐다.

"오빠, 흔적을 남기지는 않았겠지?"

"경찰이 수사를 한대도 완전무결해."

울컥해진 취란이 형로의 뺨에 입을 맞추었다.

"오빠, 술 마실까?"

마지막 밤을 뜻있게 보내고 싶은 취란이 진심으로 한 말이었다. 하지만 형로는 뜻밖의 반응을 보였다.

"오늘은 혼자 있고 싶어."

"아니, 왜?"

"조용히 정신을 가다듬고 싶어. 그래야 일을 치를 수 있을 것 같아."

취란은 거사를 앞둔 형로의 심정을 이해하기로 했다. 하지만 마지막이라고 생각하니 발이 떨어지지 않았다.

"그렇다면 좀 더 있다 가도 되지?"

이번에도 형로의 냉정한 대답이 돌아왔다.

"지금 돌아가 줘, 부탁이야."

공작새 쓰러지다

5월 3일 아침. 밤을 새우다시피 한 형로는 아침 식사도 거른 채 꽃다발과 스프레이를 챙겨 실론역으로 향했다. 안주머니에는 "나는 왜 분노하는가?"라는 제목으로 거사 동기를 적은 자술서가 들어 있었다. 실론역에는 공작새 팬 카페 회원들을 목적지로 싣고 갈 전세 버스 2대가 기다리고 있었다. 버스는 남녀 회원 100여 명으로 좌석이 꽉 차 있었다.

"형로 님은 받으시지도 않을 꽃다발을 또 갖고 왔소?"

회장이 농담을 건네자 형로도 지지 않고 응수했다.

"걱정 마세요. 오늘은 꼭 받겠다고 약속하셨습니다."

"여사님이 진짜로 약속하셨어요?"

"절대 발설하지 말라고 신신당부하셨습니다."

회원들의 폭소가 터져 나왔다. 흥겨운 분위기 속에 2시간 뒤 목적지인 샤방 시장에 도착했다. 일행이 점심 식사를 마치고 식당을 나서기 전 형로는 주머니에서 스프레이를 꺼냈다. 그리고 꽃다발을 쥔 오른손의 손바닥 안으로 스프레이를 밀어 넣었다. 손바닥 안에 쏙 들어간 스프레이는 꽃다발에 가려 보이지 않았다. 잠시 뒤 회원들 일행이 시장에 도착하자 회장이 일장 연설을 했다.

"오늘 여사님이 오시는 것은 불황기의 상인들을 위로하기 위해서입니다. 그러니만큼 분위기를 최고조로 끌어올려야 합니다. 아셨죠?"

회원들은 일제히 "예" 하며 박수와 함성으로 화답했다. 공작새의 도착 시간이 얼마 남지 않았다. 회원들은 경호실의 배려로 공작새가 지나갈 통로의 맨 앞쪽에 도열했다. 형로는 꽃다발을 들고 둘째 줄에 섰다. 도착 시간이 임박하자 경호원들이 분주하게 오갔다. 경호원들은 형로의 모습이 눈에 익어서인지 꽃다발 수색도 하지 않고 무심히 쳐다보기만 했다. 하지만 형로의 가슴은 떨리고 있었다.

'두려워 말라. 나는 너의 하나님이라.'

성경 구절을 되뇌며 두려움을 달래고 있을 때 공작새 일행이 걸어오는 것이 보였다. 회원들이 일제히 공작새의 대형 사진과 플래카드를 흔들며 요란하게 함성을 질렀다.

"여사님, 건강하세요. 사랑합니다. 감사합니다."

시장은 어느새 노래와 함성으로 가득한 축제장으로 변하며분위기가 어수선해졌다. 그때 공작새가 회원들 앞을 막 지나려고 했다. 공작새의 2m 앞에 서 있던 형로는 오른손으로 꽃다발을 쳐들며 "사랑합니다, 여사님."이라고 외쳤다. 그러자 공작새가 형로 쪽을 힐끗 쳐다봤다. 그 순간 형로는 꽃다발을 두 손으로 잡고 공작새에게 건네려는 듯이 두 팔을 쭉 뻗었다. 그와 동시에 두 손으로 잡고 있던 꽃다발을 왼손으로 옮기면서 오른손에 쥐고 있던 스프레이의 버튼을 힘껏 눌렀다. '치이익' 하는 소리를 내며 분사된 스프레이 용액이 정확히 공작새의 얼굴을 향해 날아갔다. 순식간에 "아악!" 하는 비명을 지르며 공작새가 쓰러졌다.

그때까지 스프레이를 쥔 채로 멍하니 서 있던 형로에게 경호원들이 달려들어 덮쳤다. 그러자 형로가 엎어지면서 스프레이를 쥐고 있던 오른손이 얼굴 밑에 깔려 버렸다. 곧이어 경호원들이 스프레이를 뺏으려고 형로의 오른손을 낚아채려 했다. 그 순간 형로가 스프레이를 뺏기지 않으려고 손에 힘을 주며 버티다가 분사 버튼 위에 얹혀 있던 검지에 힘이 들어가고 말았다.

한편 취란은 집에서 초조하게 결과를 기다리고 있었다. 그러다가 오후 1시 반쯤 가게에서 음료수를 사 가지고 집 앞 골목으로 들어서는데 저만치 앞쪽에서 검은색 모자와 흰색 마스크를 쓴 남자가 가방을 들고 오고 있었다. 한창 독감이 유행하고 있어서 마스크를 쓴 남자가 전혀 이상하게 보이지 않았다. 두 사람의 거리가 가까워지며 스치듯 지나칠 때였다. 취란이 남자와 부딪쳐 길바닥에 넘어졌다.

"미안합니다."

남자는 취란을 일으켜 세우며 사과했다. 취란이 집으로 돌아온 뒤 TV 화면에 긴급 뉴스가 떴다. "손미령 여사, 괴한에 피습"이라는 제목으로 스프레이를 맞고 쓰러지는 상황을 생생하게 전달했다.

"오빠는 어떻게 됐을까?"

궁금했지만 속보를 기다릴 여유가 없었다. 차이풍으로 떠나는 비행기를 타기 위해선 서둘러 공항으로 가야 하기 때문이었다. 방을 나서려는데 별안간 눈앞이 캄캄해지며 바닥에 쓰러졌다. 점점 호흡이 가빠지고 정신도 가물가물해졌다.

#1차 수사 결과 발표

거사 다음 날인 5월 4일 오전 10시. 수사본부에서 1차 수사 결과를
발표했다.

「범인은 차이퐁 국적의 율반족 남자, 24세, 길형로, 율반 신학대학
원 학생임.」

「어릴 때 어머니가 사이비 종교의 꾐에 빠져 가출한 뒤 자살하자
사이비 종교에 원한을 품고 있던 범인은 사이비 종교가 율반의 나
랏일에 개입하고 있다는 소문을 듣고 격분한 나머지 "죽여 버리
겠다."며 벼르고 있던 중 손미령 여사가 사이비 종교의 뒤를 봐주
는 것으로 오인하고 범행한 것으로 드러났음.」

「과학수사청에서 감식한 결과, 범인은 사이안화칼륨(청산가리)
용액이 들어 있는 호신용 스프레이를 범행에 사용한 것으로 드러
났음.」

「손미령 여사는 샤방 병원에서 응급처치를 받은 뒤 율반대학병원
으로 이송돼 치료를 받고 있음. 자세한 용태는 의료진에서 별도로
설명할 것임.」

「범인은 체포 과정에서 경호원들과 몸싸움을 벌이다 쥐고 있던 스프레이의 버튼을 잘못 누르는 바람에 용액이 범인 얼굴로 분사돼 샤방 병원에서 치료를 받던 중 사이안화칼륨 중독으로 어젯밤 10시 절명했음.」

발표가 끝나자 기자들이 질문 공세를 폈다.

"범인이 사망했는데 범행 동기를 어떻게 파악했습니까?"

"범인의 안주머니에서 범행 동기를 기록한 범인의 자술서를 발견했습니다."

"손 여사가 사이비 종교의 뒤를 어떻게 봐주고 있는지를 자술서에 적어 놓았습니까?"

"그런 내용은 없었습니다."

"사상적인 혐의점은 없습니까?"

"수사 중에 있습니다."

"범인이 사망했는데 배후 수사에 어려움은 없습니까?"

"최선을 다하고 있습니다."

"범인이 자살한 것은 아닙니까?"

"테러 상황을 찍은 동영상, 범인을 제압한 경호원들의 진술, 목격자
들의 진술을 종합 검토한 끝에 범인이 저항하는 과정에서 스프레이 버
튼을 잘못 누른 것으로 확인했습니다."

이어서 율반대학병원 의료진이 손미령 여사의 용태에 대해 브리핑
했다.

「사이안화칼륨 중독으로 인한 폐 손상, 뇌 혈류 이상, 부정맥, 호
흡곤란을 보이고 있음.」

「눈을 깜박일 정도의 의식은 있으나 말을 알아들을 정도로 또렷
하지는 않음.」

기자들이 질문했다.

"생명에는 지장이 없습니까?"

"최선을 다해 치료하고 있습니다."

"회복 가능성이 어느 정도입니까?"

"예단하지 않겠습니다."

언론은 일제히 세 갈래 방향으로 사건을 다뤘다.

「손 여사 위중(危重)」

「손 여사와 사이비 종교의 유착을 의심해 범행」

「범인의 사망으로 배후 수사 힘들 듯」

손미령 사망

수사본부는 배후 파악에 수사력을 집중했다. 하지만 범인을 상대로 압수수색, 휴대전화 포렌식, 탐문수사를 총력적으로 펼쳤음에도 단서를 찾지 못했다.

그러자 수사 방향을 범인의 애인 주취란에게로 돌렸다. 하지만 취란이 사망했기 때문에 온갖 기법을 동원했음에도 단서를 찾을 수 없었다. 테러가 일어난 날에 귀국하려고 했던 정황을 포착하고 테러와의 연관성을 의심했으나 차이퐁 당국으로부터 집안 행사에 참석하기 위해 귀국하려 했다는 회신이 돌아왔다. 취란의 사체를 부검한 과학수사청은 "신경계 마비로 인한 호흡곤란 및 심정지로 사망했으며, 치명율이 높은 신경작용제인 VX 용액이 피부로 침투해 사망에 이르게 했다."라는 결과를 내놓았다.

CCTV를 분석한 수사본부는 취란이 사망하기 직전 부딪친 남자를 용의자로 보고 추적했다. 하지만 그 남자는 대로변을 걷다가 골목으로 접어든 이후부터 동선이 파악되지 않았다. 그 시각 남자는 CCTV가 없는 골목의 빈집 담장을 넘어 들어가 옷을 갈아입은 뒤 가발과 안경을 쓰고 다른 골목길로 빠져나갔다. 취란의 죽음을 둘러싸고 의문점이 많았으나 증거 확보가 어려워 수사가 난항을 겪었다.

추가 수사에도 불구하고 배후를 찾는 데 실패하자 '사이비 종교를 향한 원한과 기독교 신앙이 결합된 단독범행'으로 결론을 내리지 않을 수 없었다. 하지만 졸속 수사라는 비난을 살 수 있어 어느 정도 시간이 지난 뒤 발표하기로 했다.

어느덧 언론도 테러에 관한 기사를 줄이기 시작했다. 그러자 손미령 피습 사건은 사람들의 관심에서 점점 멀어지며 충격파도 수그러드는 듯했다. 하지만 큰 변수가 생겼다. 열흘 동안 치료를 받아 오던 손미령 여사가 병세 악화로 5월 13일 사망한 것이다. 우파들이 율반족을 고용해 테러를 일으킨 것으로 의심하고 있던 좌파들의 분노가 폭발했다.

"용서하지 않겠다, 국모님을 돌아가시게 만든 우파 놈들."

좌파 진영의 분노

손미령의 장례식 다음 날인 5월 17일 오전 11시. 수많은 좌파들이 실론역 광장에 운집했다. 리더가 단상에 올랐다.

"우리 좌파 정권, 어떻게 세운 정권입니까. 우파 정권이 장기집권하려고 비상조치를 내리고 군대까지 동원했지만 우리가 목숨 걸고 쫓아냈지 않습니까."

그러자 "와!" 하고 천지를 흔드는 함성이 일어났다.

"율반족 혼자 국모(國母)님을 어떻게 시해할 수 있습니까? 우파들이 정권을 뺏긴 분풀이로 국모님을 돌아가시게 만든 겁니다."

그러자 군중들은 사회자의 선창(先唱)에 따라 "때려잡자, 우파꼴통." 이라고 세 번 외쳤다.

"국모님은 그냥 돌아가신 것이 아닙니다. 우리에게 우파를 청소하는 기회를 주려고 돌아가셨습니다."

"때려잡자, 우파꼴통."

"우파의 총본산 정우당, 사사건건 수상님을 물고 뜯는 우파 언론, 이들은 모두 우리의 원수들입니다."

"때려잡자, 우파꼴통."

"우파를 때려잡지 않으면 좌파가 다 죽습니다. 오늘 백만 명이 모였습니다. 우리를 이길 사람은 아무도 없습니다."

"때려잡자, 우파꼴통."

집회가 끝나자 군중들이 집단 흥분을 일으키며 정우당 당사로 몰려갔다. 경비하던 경찰들을 밀치고 당사로 들어간 시위대는 몽둥이로 닥치는 대로 부수고 때렸다. 당 대표를 비롯한 고위 당직자들은 황급히 피신했으나 많은 당원들이 피를 흘렸다.

다른 한 무리의 시위대는 드봉 시청으로 몰려가서 시장을 광장으로 끌고 나와 무릎을 꿇렸다. 정우당 소속인 시장은 마원일 정부를 사사건건 비판하고 있어 좌파들에게 미운털이 박혀 있었다. 시위대는 꿇어앉아 있는 시장을 삥 둘러싸고 시장의 얼굴 앞으로 몽둥이를 들이밀었다.

"바른대로 말해. 우파가 국모님을 죽였지?"

"맹세코 저는 모릅니다. 믿어 주십시오."

"왜 너는 정부를 못 잡아먹어 난리야."

"앞으로 자중하겠습니다."

시장은 머리를 삭발당하고 백배사죄한 뒤 큰절을 하고 나서야 풀려났다. 경찰은 미친 듯이 날뛰는 시위대의 기세에 눌린 탓인지 먼발치에서 쳐다보고만 있었다. 날이 어두워지자 시위대는 시청 광장 군데군

데에 모닥불을 피워 놓고 연좌 농성을 이어 갔다.

자정 무렵 시위대가 "때려잡자, 우파꼴통."을 연호하고 있던 그때였다. 우파 성향인 Y 방송사에서 연기가 치솟았다. 복면을 쓰고 몽둥이를 든 청년 수백 명이 경비원들을 밀치고 들어가 불을 지른 것이다. 밖에는 수천 명의 군중들이 "잘 탄다, 꼴통 방송" 하며 환호하고 있었다. 화재가 번지자 야근을 하던 사원들이 혼비백산하여 도망쳤다. 미처 피하지 못한 사원들은 시위대에 끌려 나와 손을 들고 무릎을 꿇었다. 시위대는 "죽어 봐라! 우파 놈들."이라고 소리치며 발로 차고 몽둥이로 때렸다

기세가 오른 시위대는 "때려잡자, 우파꼴통."을 외치며 밤새도록 시가지를 돌아다녔다. 시위대의 기세가 얼마나 거세던지 무법천지와 같은 상황이 벌어지고 있는데도 경찰은 진압할 엄두를 내지 못했다. 세상은 삽시간에 공포 분위기로 가득 차고 국민들은 불안에 떨었다.

이윽고 5월 19일 사태 수습을 위한 긴급 당정회의가 열렸다. 갑론을박을 벌였지만 위급한 상황에서는 항상 그랬듯이 강경파의 주장이 채택됐다.

"우리 좌파가 모처럼 승기(勝機)를 잡았으니 헌정질서가 마비되지

않는 이상 적정선에서 대처한다."

그러나 대외적으로는 다른 소리를 했다.

"사회질서를 해치는 행위에 대해 엄중히 대처하겠다."

우파 진영의 반격

우파의 본산인 정우당에 비상이 걸렸다.

"정부가 우리 우파를 쓸어버리려고 좌파의 난동을 방관하는 것 같습니다. 이러다 우파의 씨가 마르겠습니다. 대표님이 앞장서 주셔야 합니다."

5월 20일 오후 2시. 좌파의 난동에 격분한 수많은 우파들이 엑셀 광장에 모였다. 정우당 대표가 단상에 올랐다.

"손미령은 사이비 종교에 빠져 뒤를 봐주다가 변을 당했습니다. 사이비 종교와 유착한 것이 업보가 된 겁니다."

군중들이 우레와 같은 함성으로 구호를 외쳤다.

"물러가라, 사이비 정권."

"그런데도 좌파는 우파가 죽였다고 우기고 있습니다. 사이비 종교가 얼마나 무서우면 그렇게 하겠습니까."

"물러가라, 사이비 정권."

"좌파의 우두머리는 사이비 종교입니다. 마원일도 꼼짝 못 합니다. 손미령이 없어도 마원일은 여전히 사이비 종교에게 잡혀 있습니다."

"물러가라, 사이비 정권."

"좌파들이 우리 당사를 부수고 방송사에 불을 질렀습니다. 그런데도 마원일은 난동을 못 본 척하고 있습니다. 우리 우파가 살려면 죽기 살 기로 싸워야 하겠죠?"

"물러가라, 사이비 정권."

좌파를 향한 적개심으로 가득 찬 집회가 끝나자 군중들이 "사이비 종교의 앞잡이 마원일 물러가라."라는 함성을 지르며 2㎞ 떨어진 수상 관저로 몰려갔다. 선두에는 복면을 쓴 일단의 청년들이 시위대를 지휘하고 있었다.

무력해 보이던 경찰은 이번엔 달랐다. 수상 관저가 뚫리면 정권이 무너진다는 절박감 때문인지 비상한 각오로 대처하는 것처럼 보였다. 우선적으로 관저 300m 앞에 버스 20대로 장벽을 치고 바리케이드를 2배로 보강했다.

그러자 시위대가 경찰을 향해 던진 돌이 무수하게 날아왔다. 격분한 경찰이 시위대를 체포하려 하자 시위대는 화염병을 던지며 저항했다. 제복과 신발에 불이 붙은 경찰들이 흠칫하며 뒤로 물러서자 순식간에 대오가 흐트러졌다. 그 틈을 타고 시위대가 바리케이드를 옆으로 밀쳐 내기 시작했다. 자칫하면 저지선이 무너질 수도 있었다.

위기감을 느낀 수상실은 드봉경비사령부 소속 탱크 4대와 장갑차 10대를 관저 정문 앞으로 이동시켰다. 경찰도 다연발 최루탄을 무차별적으로 쏘아 댔다. 시위대가 최루탄 가스를 마시고 고통스러워하자 경찰들이 진압봉을 휘둘렀다. 뒤이어 살수차가 강력한 수압으로 물세례를 퍼붓기 시작했다. 그런데도 시위대는 물러서지 않고 화염병과 돌을 던지며 극렬하게 맞섰다. 관저 앞 일대가 최루탄 가스와 비명 소리로 가득 찬 아수라장으로 변하고 부상자가 속출했다.

한편, 다른 한 무리의 시위대는 대표적인 좌파 언론사인 S 신문사로 향했다. 신문사 현관 앞에서 시위대가 "영차, 영차." 하며 막아선 경찰들을 밀어붙이기 시작했다. 그러자 인원이 적은 경찰들이 뒤로 밀리면서 와장창 하고 현관문이 부서졌다. "와!" 하는 함성을 지르며 물밀듯이 신문사 안으로 들어간 시위대는 편집국과 논설위원실로 들어가 사람과 집기를 가리지 않고 몽둥이로 내려쳤다. 기겁을 한 언론인들이 비명을 지르며 뛰쳐나갔다.

그때 시위대의 누군가가 "불을 지르자!"라고 외쳤다. 그러자 가방을 메고 복면을 한 채 시위대를 지휘하던 청년이 황급히 제지했다.

"안 돼. 건물에는 외부 사람들도 들어와 있어. 그들을 다치게 해선 안 돼."

"이대로 돌아가는 겁니까?"

청년은 "따라오시오." 하고는 신문사 사장 방으로 들어갔다. 그러고는 붉은색 스프레이로 "빨갱이 기관지"라고 벽면에 휘갈겨 놓았다. 사장 방을 나선 청년은 "마지막 한 방을 날리자."라고 외치며 윤전실로 향했다. 윤전실에는 사원들이 도망가고 아무도 없었다. 청년은 메고 있던 가방 안에서 누런 종이로 포장된 막대기 모양의 다이너마이트 시한폭탄을 꺼내 윤전기 밑에 장착했다. 시위대가 떠난 직후 S 신문사 안에서 요란한 굉음이 울리며 검은 연기가 피어올랐다.

또 다른 무리의 시위대는 사이비 종교 시설을 습격했다. 관계자 10명을 꿇어앉히고 몽둥이를 들이댔다.

"손미령과 붙어서 얼마나 해 처먹었어?"

시위대는 그들을 밖으로 끌고 나와 "잘못했습니다.", "용서해 주십시오."라고 쓴 팻말을 목에 걸고 행진하도록 시켰다. 이를 본 시민들이 박수를 쳤고, "아멘" 하며 감격하는 크리스천도 있었다.

극렬한 진영 대결

사태가 심각해지자 정부가 강력한 대응에 나섰다. 그러나 이미 권위가 무너진 공권력을 무서워할 시위대가 아니었다. 경찰력을 증강하여 시위대를 제압하려 했으나 경찰관이 시위대에게 붙잡혀 폭행당하는 일까지 일어났다. 무력을 사용하지 않는 이상 공권력의 영(令)이 설 것 같지 않았다. 자연히 시위대 수사도 지지부진했다.

그럴수록 우파와 좌파는 진영 대결에 전력을 쏟았다. 수십만 군중들이 "때려잡자, 우파꼴통"과 "물러가라, 사이비 정권"으로 갈라져 길 하나를 사이에 두고 북과 징을 치며 연일 맞대결을 벌였다. 처음에는 평화적인 대결을 벌였으나 시간이 갈수록 난폭해졌다. 투석전이 벌어지는 가운데 화염병과 흉기까지 등장했다. 집단 난투극을 벌이는가 하면, 경찰 지구대로 들어가 불을 지르고 기물을 파손했다. 심지어 시내버스를 탈취해 상대 진영을 향해 전속력으로 질주하기도 했다. 5명의 사망자와 부지기수의 부상자가 발생하고 검은 연기가 자욱한 시가지는 마비됐다.

민심도 덩달아 흉흉해져 강도, 절도, 방화, 폭행, 교통사고가 급증했다. 주요 상가는 철시하고 생필품 가격도 폭등했다. 시위대를 계도해야 할 언론도 시위대의 눈치를 보며 이도 저도 아닌 어정쩡한 논조를 폈다. 내전을 방불케 하는 무정부 상태가 이어지자 '이러다 나라가 무너지는 것은 아닐까?'라는 두려움이 국민들을 짓누르기 시작했다.

차이퐁 보안부 요원의 미소

차이퐁 최고보안부. 공작원 주취란을 앞세워 율반 수상 마원일의 부인을 암살한 당순원 2국장과 류소태 공작관은 회심의 미소를 짓고 있었다.

"어때? 우리 의도대로 되고 있지?"

"지금 율반은 거의 무정부 상태입니다."

"두고 봐. 마원일 스스로 내려올 수밖에 없어."

"플랜 B를 가동한 이후 율반 사태가 눈에 띄게 험악해진 것 같습니다."

"우리 율반족의 파워는 역시 대단해."

"그런데 좌파 쪽이 조금 열세인 것 같습니다. 플랜 C를 가동할까요?"

"대광(율반과 대치하는 사회주의 국가)도 지원하고 있을 테니 좀 더 두고 보자고."

"상부의 반응은 어떻습니까?"

"손 안 대고 코 풀고 있는 양반들이 무슨 할 말이 있겠어. 잘되면 자기들 공으로 삼고, 안 되면 발을 빼려고 하겠지."

"성공은 확실한 것 같은데 앞으로가 문제입니다."

"마원일이 내려온 뒤 우리가 원하는 체제가 들어서지 않으면 헛수고한 것밖에 더 되겠어?"

국면전환 시도

마원일 수상은 부인 손미령이 사망했을 때만 해도 마음은 아팠지만 한편으로는 동정여론이 일어나 지지기반이 탄탄해질 것으로 낙관했다. 하지만 상황은 예상대로 흘러가지 않았다. 맨 먼저 사이비 종교와의 유착을 비난하는 역풍이 불어왔다. 뒤이어 진영 대결이 극심해지면서 무법천지와 같은 혼돈이 일어났다. 정부의 권위는 땅에 떨어지고 공권력은 있으나 마나하게 무력해졌다. 정권이 거센 풍랑 속에 떠내려가는 조각배처럼 위태로워질 수밖에 없었다.

마 수상이 실의에 빠져 있던 5월 22일 오후. 마 수상의 최측근 실세인 위대일 중장이 긴급 면담을 요청했다. 위 중장은 수상 관저와 수도인 드봉을 지키는 드봉경비사령관이다.

"중요한 제보를 받았습니다."

마 수상이 긴장하며 귀를 기울였다.

"주광파(走光派)가 사회주의 혁명을 준비하고 있다고 합니다. 그들은 대광(율반과 대치하고 있는 사회주의 국가)의 노선을 추종하고 사회주의 국가를 건설하려는 세력입니다."

그러나 마 수상은 고개를 저었다.

"그들이 급진적이긴 해도 대광과 엮여 있거나 사회주의자라는 증거가 없지 않소. 나를 도와주는 사람들인데 혁명을 할 리가 있겠소?"

"정체를 숨기고 있다가 시국이 어지러워지니까 발톱을 드러낸 겁니다. OPK(율반의 국가정보기관)도 증거를 못 잡았을 뿐이지 사회주의자가 확실하다고 단언하고 있습니다."

"도대체 누가 제보한 거요?"

"좌파 쪽의 핵심 인사가 알려 줬습니다. 사회주의 혁명을 막기 위해 용기를 낸 겁니다."

그 말을 듣고 마 수상이 짜증을 냈다.

"우리나라는 엄연히 민주주의를 하고 있어요. 민주주의 국가에서 어떻게 사회주의 혁명이 일어날 수 있겠소?"

"지금 좌파 진영에서는 '우파에게 정권이 넘어가지 않으려면 좌파가 선수를 쳐서 수상님을 내려오게 해야 한다'는 목소리가 커지고 있습니다. 이런 분위기에서 주광파가 선동하면 사회주의자가 아니라도 혁명에 휩쓸릴 가능성이 있습니다."

"말처럼 쉽게 되겠소?"

"주광파는 좌파 진영의 대부 역할을 하고 있습니다. 조직력과 선동력도 뛰어납니다. 충분히 군중을 끌어 모을 수 있습니다. 원래 혁명은 소수 정예에 의해 촉발되지 않습니까."

"그렇지만 사회주의 혁명은 절대 안 됩니다. 내가 좌파 노선을 걷고 있지만 사회주의자는 아닙니다. 혼동하지 마시오."

"주광파만 설치는 게 아닙니다. 모든 정파가 수상님을 넘어뜨리려고 혈안이 돼 있습니다."

마 수상은 허허벌판에 홀로 버려진 참담함을 느꼈다. 동시에 배신감과 두려움이 한꺼번에 밀려왔다.

"현실을 직시하고 각오를 단단히 하셔야 합니다. 그렇지 않으면 결말은 뻔하지 않겠습니까."

이윽고 마 수상에게서 오기가 발동했다.

"눈뜨고 당할 순 없지. 어떻게 해야 되겠소?"

"국면전환을 서두르셔야 합니다."

그 순간 마 수상은 1년 전 함부로 비상조치를 내렸다가 국민들의 저항으로 쫓겨난 전임 수상이 떠올랐다.

"설마 계엄령을 내리라는 뜻은 아니죠?"

"그보다는 시국 불안을 극대화하는 것이 먼저입니다."

마 수상은 위대일 사령관이 엄청난 일을 꾸밀 것 같은 불길한 예감이 들었다.

"무슨 말을 하려는 거요?"

위대일이 잠시 망설이다가 입을 열었다.

"전쟁이 아니면 답이 없을 것 같습니다."

마 수상이 기겁을 하며 소리쳤다.

"무슨 턱도 없는 말을 하는 거요?"

"국지전(局地戰)이라도 일어나야 시국이 수습되고 사회주의 혁명도 막을 수 있습니다. 전시 체제가 아니고선 계엄령을 내린들 약발이 안 먹힐 겁니다."

위대일의 단호한 발언에 눌린 마 수상이 '음' 하고 신음 소리를 냈다. 이틈을 놓치지 않고 위대일이 결단을 재촉했다.

"그 길밖에 없습니다. 결단하셔야 합니다."

마 수상은 기가 막혔다.

"무슨 명분으로 전쟁을 한단 말이오? 감당이 되겠소?"

위대일이 마 수상에게 바싹 다가갔다.

"실은 대광의 수도방어군단장이 내일 만나자고 연락이 왔습니다. 대광의 지도자 강명의 사촌 동생입니다."

놀란 마 수상이 위 사령관을 빤히 쳐다봤다.

"차이퐁(대광과 인접한 가상의 나라)에 있는 제3자를 통해 제 동생의 휴대전화로 연락이 왔습니다."

"믿을 수 있겠소?"

"메신저의 신원과 만나자는 장소를 추적해 보니 100% 믿음이 갑니다."

"왜 하필 위 장군을 만나자는 거지?"

"제가 직책상 카운트 파트이다 보니 그런 것 같습니다."

대광의 수도방어군단과 율반의 드봉경비사령부는 똑같이 국가원수와 수도를 지키는 친위부대다.

"이런 시국에 왜 만나자는 걸까?"

"지금 저쪽은 폭정과 경제난으로 민란이 걱정될 정도로 흉흉하다고 합니다. 때문에 비상한 돌파구를 만들어야 할 다급한 처지라고 합니다. OPK(율반의 국가정보기관) 국장에게 자문을 구하니 그렇게 알려 줬습니다."

마 수상이 눈을 크게 떴다.

"전쟁이라도 일으킬 수 있다는 것 아니오?"

"그래서 저를 보자고 하는 것 같습니다."

그제야 마 수상은 이해가 됐다.

"위기를 벗어나기 위해 서로 짜고 치자?"

"그렇게 나올 것 같습니다. 우리 입장도 어렵다는 것을 알고 있을 테 니까요."

"아까 전쟁 얘기를 꺼낸 것도 그 때문이었소?"

"서로 이해관계가 맞아떨어지니 해 볼 만한 것 같습니다."

마 수상의 머릿속이 멍해졌다.

"도대체 어쩌자는 거요?"

"지상전에 국한해서 국지전 수준을 유지하다가 속전속결로 끝내면 됩니다, 우발적인 충돌을 가장해서."

"기만술에 넘어갈지도 모르잖소. 짜고 치는 척하다가 진짜로 쳐내려오면 어쩌려고? 저쪽은 핵무기를 가지고 있잖아."

"아리카 군인이 3만 명이나 주둔하고 있는데 함부로 내려올 수 있겠습니까. 전면전은 불가능합니다."

"그렇지만 전쟁을 틈타고 주광파(走光派)들이 혁명을 일으킬 수도 있지 않소."

"걱정할 필요 없습니다. 전쟁이 일어나면 주광파를 척결할 명분이 생깁니다. 선제적으로 소탕하겠습니다."

"그러나 뜻대로 굴러간다는 보장이 없지 않소."

마 수상이 주저하자 위 장군이 겁을 줬다.

"이것저것 따질 때가 아닙니다. 허무하게 당하시겠습니까? 죽을 각오로 싸우시겠습니까?"

주눅이 든 마 수상이 초점 없는 눈으로 앞을 바라봤다.

"허락해 주십시오. 다른 대안을 찾을 수 없습니다. 우리가 살 수 있는 마지막 기회입니다."

마 수상은 눈을 지그시 감은 채 입을 다물었다.

"머뭇거릴 시간이 없습니다, 수상님."

위 사령관이 불경스러울 정도로 다그쳤는데도 마 수상은 꼼짝도 하지 않았다. 위 사령관은 더 이상 기다릴 수 없다는 듯이 소리쳤다.

"마지막으로 여쭙겠습니다. 허락하시겠습니까?"

그제야 마 수상이 마지못해 입을 열었다.

"국방상과 육군총장하고도 의논을 해 봐야 하지 않겠소?"

"안 됩니다. 여러 사람이 관계하면 보안 유지가 어렵습니다. 저쪽과 내일 만나는 것도 두 사람은 모르고 있습니다."

위 사령관의 설득에도 불구하고 마 수상은 계속 핑계를 대며 피해 갔다.

"일단 저쪽을 만나 봐야 하지 않겠소? 무슨 말을 할지도 모르는데."

"좋습니다. 내일 얘기가 잘되면 허락하시는 걸로 알면 되겠습니까?"

위 사령관이 집요하게 졸라 대자 마 수상은 더 이상 버틸 기력이 남아 있지 않았다. 이윽고 마 수상이 안경을 벗더니 눈을 감은 채 고개를 끄덕였다. 그러나 위 사령관은 만일에 대비해 확실한 도장을 받으려고 했다.

"수상님을 지키려는 일입니다. 확실히 말씀해 주십시오."

잠시 뒤 힘없는 목소리가 마 수상의 입에서 새어 나왔다.

"승인하겠소."

짧은 정적이 흘렀다.

"역사적 결단을 내리셨습니다. 그런데 수상님, 일을 벌이기 전에 내부의 적부터 쳐내셔야 할 것 같습니다."

마 수상은 깜짝 놀랐다.

"내부에 적이 있단 말이오?"

"전쟁이 일어나면 계엄령을 내릴 수밖에 없는데 법률에 따라 육군총장을 계엄사령관에 임명할 수밖에 없지 않습니까."

"그런데?"

"반다륜 총장은 야심이 너무 큽니다."

"그게 무슨 말이오?"

"반 총장은 군대 안에 사조직을 거느리고 요직에 심복들을 심어 놓고 있습니다. 지난번 폭동이 일어났을 때도 애매하게 처신하지 않았습니까. 걱정이 돼서 드리는 말씀입니다."

수상은 찜찜했지만 체통을 지키려고 애썼다.

"지켜보고 있는데 별일이야 있겠소?"

"아닙니다. 반 총장이 계엄사령관이 되면 감시하는 특무사령부조차 눈치 보지 않을 수 없습니다."

믿고 있는 좌파 진영에 이어 육군총장까지 반기를 들지 모른다는 말을 듣고 불안감이 커질 대로 커진 마 수상은 심복인 위대일의 말에 귀를 기울이지 않을 수 없었다.

"마땅한 해법이라도 있소?"

"병력을 동원할 수 없는 자리로 보내면 되지 않겠습니까. 그래야 안심이 되고 그 사람 체면도 지켜 줄 수 있습니다."

곰곰이 생각에 잠겨 있던 마 수상이 고개를 끄덕였다.

"후임은 누굴 시켜야 하나?"

"전쟁을 뜻대로 치르려면 아무래도 저쪽과 대화가 되는 사람이 군을
지휘하는 것이 맞지 않겠습니까."

이틀 뒤인 5월 24일 오전 10시. 수상실에서 육군총장 조기 교체를 발
표했다.

> 「육군총장 반다룬 대장을 예편과 동시에 수상실 안보보좌관으로
> 임명」

> 「후임 육군총장에는 드봉경비사령관 위대일 중장을 대장으로 승
> 진시켜 임명」

국지전(局地戰) 발발

5월 29일 장대비가 쏟아지는 새벽. 율반의 동부 전선에 주둔하고 있
는 105사단 소속 최전방 감시초소(GP)를 향해 마주하고 있는 대광군

99사단 진영으로부터 총탄 수백 발이 날아왔다. 율반군이 응사했으나 장교와 사병 5명이 사망했다.

그러자 율반군 105사단은 즉각 대광군 99사단 진영을 향해 Y-45 자주포 50발을 보복 포격했다. 아리카 중앙정찰국(CRO)은 악천후에도 불구하고 첩보위성을 통해 대광군이 먼저 도발한 상황을 포착했다. 그런데도 확전을 우려한 아리카는 율반에 "더 이상 무력 대응을 하지 말라."고 요구했다.

이튿날인 5월 30일. 대광군이 율반 105사단을 향해 곡사포 50여 발을 포격하여 율반군 13명이 사망했다. 이어서 군사분계선 남쪽에 있는 율반의 등라도를 향해 해안포 170발을 포격했다. 율반 군인 5명과 등라도 주민 7명이 사망했다.

아리카는 또다시 율반에 "응전할 경우, 모든 협력을 재검토하겠다."고 경고했다. 그러나 율반 해군은 이를 묵살하고 대광 쪽을 향해 함포 사격을 퍼부었다. 이와 함께 율반 해군 경비정이 서해 한계선 북쪽으로 올라가 대광 고속정과 교전을 벌였다. 율반 경비정이 파손되고 해군 6명이 사망했다. 이윽고 율반에 비상계엄령이 내려지고 율반에 주둔한 아리카군도 전시태세에 들어갔다.

아리카의 톰슨 대통령이 마원일 수상에게 전화를 걸어 전쟁 중단을 강력히 요구했다. 마 수상은 "공격 받지 않으면 공격하지 않는다."는 기존의 입장을 유지했다. 아리카 측이 대광에 군사정전위원회 개최를 요구했으나 응답이 없었다.

사흘째인 5월 31일에도 전쟁이 계속됐다. 중부 전선에 있는 대광군 97사단의 2개 소대 병력이 마주하고 있는 율반군 101사단 지역을 침범해 교전을 벌이다 철수했다. 율반군 6명이 사망했다.

그러자 율반군 102사단의 2개 소대 병력도 마주하고 있는 대광군 197사단 지역을 침범해 교전을 벌인 뒤 퇴각했다. 그 과정에서 율반군 8명이 사망했다.

그때까지 율반 군인 43명과 민간인 7명이 사망했으나 대광군의 피해 규모는 공개되지 않았다. 하지만 대광군 소식에 정통한 차이풍(가상의 나라) 중앙통신은 60명 이상의 대광 군인들이 사망하고 경비정 1척이 반파됐다고 보도했다.

대광군은 전세를 만회하려는 듯 율반의 수도 드봉을 향해 300㎜ 장사정포를 쏘겠다고 위협했다. 대광의 최전방에 배치된 3,000문의 장사정포는 율반의 수도권을 사정거리 안에 두고 있었다. "수도 드봉이 불

바다가 될지 모른다."는 소문이 퍼지자 드봉 시민들이 줄을 지어 남쪽으로 피난 내려갔다.

그러자 율반군은 대광이 장사정포를 쏜다면 최첨단 요격체계를 가동해 공중에서 요격하겠다고 경고했다. 동시에 최전방에 배치된 사정거리 50㎞의 Y-9 자주포 2,000문으로 대광을 포격하기 위한 태세에 들어갔다.

아리카의 유력지인 어닝 타임스(가상의 신문)는 "재래식 무기 사용과 소규모 지상전에 국한된 국지전 양상을 보여 왔으나, 대광이 율반의 수도권에 장사정포를 쏜다면 엄청난 피해를 입는 율반은 미사일을 비롯한 최첨단 무기로 반격할 수밖에 없어 전면전으로 치달을 가능성이 있다. 확전으로 대광의 체제가 위태로워질 경우, 대광이 핵무기를 사용하는 것도 불가능한 시나리오는 아니다."라고 보도했다.

전면전(全面戰)이 우려되자 아리카, 차이퐁을 비롯한 강대국들이 적극적으로 중재에 나섰다. 공포에 질린 율반 국민들도 승전보다는 휴전을 갈망했다. 마원일 수상을 향해 들끓던 우파 쪽의 불만도 전쟁의 공포 앞에 잠잠해졌다. 사회주의 혁명을 기도하던 세력들도 걱정했던 것과는 달리 엄중한 전시 상황에 눌려 잠적했다. 이윽고 율반이 전쟁이 일어난 지 3일 만에 휴전을 받아들였다. 반면에 대광은 침묵했지만 더 이상 무력을 행사하지는 않았다.

빗나간 예측

"율반에서 전쟁이 일어날 줄은 꿈에도 생각 못 했어."

차이퐁 보안부의 당순원 국장이 류소태 앞에서 투덜댔다.

"마원일이 엎어질 줄 알았는데 더 탄탄해졌잖아."

"죽 쒀서 개 준 꼴이 됐습니다."

"실권을 잡은 위대일 계엄사령관은 강성 좌파야. 늑대를 피하려다 호 랑이를 만난 꼴이 됐어."

"전세를 역전시킬 수 있겠습니까?"

"아무래도 기습전을 펴야겠어. 극적인 드라마를 연출해 세계를 놀라 게 만들 거야."

"예?"

"아리카와 율반 사이를 최악으로 만들면 돌파구가 생길 거야. 민란이 실패했으니 대안은 이것밖에 없어."

빛바랜 전쟁 효과

3일 간의 전쟁이 끝나고 열흘 뒤인 6월 10일. 율반 옆에 있는 지판(가상의 나라)의 유력지 아리오 신문(가상의 신문)이 '전쟁 조작 의혹'을 보도했다.

> 「5월 말 율반 반도에서 일어난 '3일 전쟁'은 대광과 율반 사이의 묵계 아래 일어난 것이라는 의혹이 율반군 안에서 제기되고 있다. 율반군의 정통한 소식통에 따르면, 대광과 율반은 비상 국면을 만들어 각자의 정치적 위기에서 벗어날 목적으로 사전에 짠 각본대로 '3일 전쟁'을 치렀다는 것이다. 실제로 전쟁 이후 양쪽 내부의 사회불안 등 위기 상황은 잦아들었다.」

율반과 대광은 강력히 부인했다. 율반 정부는 한발 더 나아가 기사를 쓴 모리 특파원을 허위기사 작성을 이유로 추방했다. 이에 반발한 아리오 신문은 다음 날 속보를 보도했다.

> 「전쟁의 시나리오를 쓴 장본인은 대광의 강욱 수도방어군단장과
> 율반의 위대일 드봉경비사령관(현재 육군총장)으로 알려졌다. 두
> 사람은 전쟁이 일어나기 얼마 전 공해(公海)에 떠 있는 대광 소유
> 의 요트에서 만나 내부의 위기 타개를 위해 전쟁을 이용하자는 데
> 의기투합한 것으로 알려졌다. 이들은 강명 대광 위원장과 마원일
> 율반 수상의 최측근으로 군부 실세다.」

아리오 신문이 관련자들의 실명까지 거론하며 전쟁 조작 의혹을 제
기하자 율반 정부의 강력한 부인에도 불구하고 민심이 요동쳤다. 계
엄사 합동수사본부가 기사의 출처를 추적한 끝에 반다륜 전 육군총장
이 조기 퇴진한 데 불만을 품은 장교들이 마원일 정부를 흔들 목적으로
제보한 것으로 파악됐다. 다만 증거는 제시하지 못하고 의혹만 제보한
것이었다. 합동수사본부는 즉각 이들을 허위사실 유포 및 반국가 행위
혐의로 구속했다. 그러나 조작 의혹이 정설로 굳어진 상황에서 돌아선
민심을 되돌리기엔 역부족이었다.

사태를 주시하던 OPA(아리카 국가정보기관) 율반 지부가 마원일 체
제의 불안정성을 본부에 보고했다.

「전쟁 조작을 입증할 증거는 파악되지 않고 있음. 최초로 의혹을 제기한 모리 기자도 증거를 내놓지 못하고 있음. 그럼에도 불구하고 율반 국민들 대다수는 조작을 사실로 믿는 분위기임.」

「마원일 수상이 전쟁 효과로 위기를 모면했지만 전쟁 조작 의혹이 불식되지 않고 있는 데다, 사이비 종교와의 유착설로 민심이 떠났기 때문에 혼란이 재현될 가능성이 농후함.」

「혼란이 재현되면 마원일 정권이 위험해지는 데 그치지 않고, 사회주의 국가인 대광이 혼란을 틈타 전면전을 일으킬 우려가 있음.」

「이럴 경우, 율반의 패망을 넘어 기존의 동북아 질서마저 무너질 우려가 있음. 이는 아리카의 세계 전략을 해치는 변수가 될 것임.」

OPA의 예측은 적중했다. 좌파 정우당이 여론조사를 해 보니 마원일 수상 불신 여론이 65% 가까이 나타났다. 불신 이유로는 '전쟁 조작 의혹'과 '사이비 종교와의 유착'이 가장 많이 지목됐다. 계엄령이 내려졌는데도 시위가 재현됐다.

"가짜 전쟁으로 위기 조작하지 말라."

"국민을 총알받이로 만들려는 마원일 물러가라."

넥타이를 맨 직장인들까지 시위에 가세하면서 일반 시민들의 응원이 뒤따랐다. 계엄사령부는 강경책을 펴지 않을 수 없었다. 또다시 최루탄 가스가 도심지를 뒤덮고, 이에 맞선 돌과 화염병이 난무했다.

아리카 영사관 인질극

혼란이 커지는 와중에 충격적인 사건이 일어났다. 6월 중순 복면을 쓴 6명의 괴한들이 율반의 지방 도시 얄틴에 있는 아리카 영사관을 점거한 것이다. 권총과 수류탄을 든 괴한들은 영사관 안으로 화염병을 던져 혼란이 벌어진 틈을 타고 난입해 영사와 아리카인 직원 5명을 지하실에 감금시켰다. 괴한들은 영사관 출입구를 폐쇄한 뒤 지하실에 다이너마이트와 인화물질을 쌓아 두고 "다가오거나 헬기를 띄우면 터뜨리겠다."고 위협했다. 곧이어 성명서를 발표했다.

「우리는 조국의 발전을 위해 함께하고 있는 율반 애국청년동맹
소속이다.」

「사이비 종교의 앞잡이 마원일 수상은 아리카의 비호 아래 국민

을 탄압하고 있다. 아리카는 반성하고 마원일 지지를 철회하라.」

「마원일은 즉각 계엄령을 해제하고 시위로 구속된 애국 시민들을
석방하라.」

「우리의 요구를 거부하면 영사관 직원들은 극단적 상황과 마주할
것이다.」

중간 선거를 앞두고 자국민들이 인질로 잡히자 아리카 조야(朝野)는
이구동성으로 인질의 안전을 기원했다. 아리카 정부도 오직 협상을 통
해 안전하게 구출한다는 방침을 세웠다. 아리카 국무차관이 급히 율반
에 들어와 인질범들과 협상을 시작했다.

"나는 아리카 국무차관이다. 당신들의 신분을 알고 싶다."

"우리는 율반의 애국청년동맹 단원들이다."

"율반 경찰은 당신들을 생소한 존재로 보고 있다."

"우리의 존재가 드러나지 않았을 뿐이다."

"요구사항이 무엇인가?"

"첫째, 마원일 지지를 철회해 달라."

"아리카는 율반과 전통적으로 우호 관계를 맺고 있지만 마원일 수상 지지를 표명한 적은 없다."

"작년 말 폭동이 일어났을 때도 도와주지 않았는가."

"마원일 개인을 도와준 게 아니라 율반의 안정을 위해 취한 불가피한 조치였다."

"둘째, 계엄령을 해제하고 애국 시민들을 석방하라고 마원일에게 요구하라."

"아리카는 다른 나라의 내정에 대해 간섭하지 않는 원칙을 갖고 있다."

"아리카는 율반에 군대를 주둔하고 율반을 안보, 외교, 경제적으로 예속시키고 있지 않는가."

"주권 국가인 율반을 모독하는 표현이라고 생각한다."

협상이 결렬되자 아리카 조야(朝野)와 언론은 일제히 아리카 정부를 비난하고 나섰다.

「성의 부족한 정부」

「전략 부재의 협상」

인질 사태가 일주일을 넘어가자 궁지에 몰린 아리카 정부가 율반 정부에 타협안을 제시했다.

"시위 구속자들을 풀어 주고, 인질범들의 처벌을 면제해 주는 조건으로 문제를 풀어 가는 것이 좋겠다."

그러나 마원일 정부는 '인질범과는 타협하지 않는다.'는 원칙론을 내세워 거부했다. 구속자를 풀어 주면 반정부 세력의 기세가 올라가 정권이 흔들리기 때문이었다. 그와 동시에 율반 군부의 강경파가 인질 구출작전 준비에 들어갔다. 20년 전 서유럽 먼린(가상의 도시)에서의 구출 작전 실패로 인질 전원이 사망한 악몽을 잊지 않고 있는 아리카 정부는 경악한 나머지 "아리카 국민의 생명을 걸고 도박하지 말라."며 강력히 경고했다. 뒤이어 아리카의 트윈 포스트(가상의 신문)가 마 수상을 비난하는 기사를 대서특필했다.

「마원일 수상이 권좌에 집착한 나머지 아리카 인질들의 생명을
경시하고 있다.」

하지만 다음 날 율반의 유력지 A 신문이 이를 반박하는 기사를 머리
기사로 보도했다.

「남의 나라가 어떻게 되든 자국의 입장만 내세우는 것은 주권 국
가를 무시하는 처사다.」

그러자 아리카 의회에서 마 수상을 불신하기 시작했다.

"인질 구출에 협조하지 않는 마원일 수상을 친구라고 부를 수 있나?
율반은 50년 전 전쟁에서 구해 준 은혜를 잊었나?"

쿠데타 모의

아리카와 율반 사이가 껄끄러워지고 있는 와중에 OPA(아리카 정보
기관) 율반 지부에 본국으로부터 전문이 내려왔다.

「마원일 수상의 노선과 관련한 문제점을 보고할 것.」

지부는 즉각 보고했다.

「마 수상은 사이비 종교와의 유착설과 전쟁 조작 의혹으로 민심을 잃었음. 때문에 획기적 쇄신조치가 없다면 혼란 종식을 기대할수 없음. 얄틴 영사관 인질 사태도 그가 양보하지 않는 한 해결 가능성이 희박함.」

「그러나 마 수상은 권좌를 지키기 위해 기존 노선을 고수할 수밖에 없는 구조적 한계를 갖고 있음. 그로 인해 율반이 우리와 대립적인 관계가 아님에도 불구하고 우리 이익을 해치는 모순을 낳고있음.」

아리카 정부는 고심 끝에 율반에 새로운 체제를 출범시켜 국면을 일신하는 것이 아리카 국익에 부합한다는 결론을 내렸다. 율반 민심이 마원일 수상에게서 떠난 만큼 쿠데타가 성공할 것이라고 자신했다. 얼마 뒤부터 OPA(아리카 국가정보기관)는 육군총장 출신인 반다륜 안보보좌관을 상대로 쿠데타를 부추기는 작업을 진행했다. 그가 예편했지만 아직도 따르는 군 지휘관들이 많았기 때문이었다. 게다가 임기도 못 채우고 총장 자리에서 밀려났기 때문에 마 수상에 대한 반감이 클것으로 봤다. 그러나 반다륜은 거부했다.

"비록 총장 자리에서 밀려났지만 수상님을 배신할 수는 없습니다. 지금은 나라를 안정시키기 위해 단결할 때입니다."

"결심하지 않으면 장군이 당하게 됩니다."

"남의 나라 일에 지나치게 개입하는 것 아닙니까?"

"지금 애국 장교들이 움직이고 있습니다. 함께하지 않으면 신변을 보장받기 어려울지 모릅니다."

반다륜이 살짝 동요했다. 하지만 소신을 접지는 않았다.

"당하지도 않을뿐더러 배신도 하지 않겠습니다."

며칠 뒤 아리카 측은 자기들과 내통하고 있는 율반군 장교들을 앞세워 반다륜을 압박했다. 그때까지 반다륜은 수상에게 쿠데타 움직임을 보고하지 않고 갈등하고 있었다.

"목숨 걸고 선배님을 지도자로 모시려고 합니다."

"듣고 싶지 않으니 돌아들 가게."

"나라가 위태롭습니다. 새로운 세상을 만들어야 합니다."

"책임은 우리 군에게도 있어. 누가 누구를 탓하는 건가?"

"나라가 위기에 빠졌는데도 정부는 수단 방법을 가리지 않고 권력을 유지하는 데만 급급하고 있습니다. 갈수록 혼란은 극심해지고 사회질서 유지에도 한계가 왔습니다. 정부는 이미 국정을 감당할 능력을 잃었습니다. 이 틈을 타고 급진 세력들이 사회주의 혁명을 일으키려고 때를 기다리고 있습니다. 이대로 가면 자유민주주의 체제가 무너질 수 있습니다."

"그래서 일을 벌이겠다는 건가?"

"그뿐이 아닙니다. 오랫동안 그 나물에 그 밥들이 번갈아 가며 나라를 좌우해 왔습니다. 고인 물을 신선한 물로 바꾸지 않으면 그 안의 생명체는 살 수 없습니다. 나라를 살리려면 세상을 물갈이해야 합니다."

후배들의 간청에 반다륜이 흔들리기 시작했다. 그러나 마원일 수상이 마음에 걸렸다. 하는 수 없이 군을 장악한 계엄사령관 핑계를 대며 피해 갔다.

"지금은 계엄 중이야. 계엄사령관이 가만 보고 있겠나?"

"계엄사령관은 전쟁을 조작한 의혹을 받고 있습니다. 무슨 자격으로 저희를 나무랄 수 있겠습니까?"

며칠 뒤 OPA(아리카 국가정보기관) 율반 지부장이 반다륜을 찾아와 최후통첩을 했다.

"배가 떠나려고 합니다. 승선하지 않으면 애국 장교들만으로 출항하겠습니다."

생각에 잠겨 있던 반다륜이 무겁게 입을 뗐다.

"나를 선택한 이유를 알고 싶습니다."

"장군을 대신할 지도자가 율반엔 없기 때문입니다."

"미스터 켈리. 몇 마디 해도 될까요?"

"경청하겠습니다."

"영부인이 사이비 종교를 증오하는 암살범에게 변을 당하지 않았습니까? 그러나 영부인은 사이비 종교 근처에도 간 적이 없습니다. 그런데도 우파들은 사이비 종교의 뒷배라는 허위사실을 날조해 선동했습니다. 팩트를 조작하고, 가짜 증인을 내세우고, 우파 언론을 동원해 마녀로 매도했습니다."

"암살범이 선동에 휩쓸려 범행했다는 겁니까?"

"선동에 휩쓸렸으니까 증오심이 생겼겠죠. 그러나 혼자서 저지른 범행은 아니라고 봅니다."

"배후가 있다고 보시는 군요. 그러나 증거가 없지 않습니까. 수사기관에서도 단독범행이라고 밝혔고."

"사이비 종교를 증오한다면 교주를 해쳐야지, 뭐 때문에 접근하기 어려운 수상님 배우자를 골라 공격했을까요? 더구나 범인은 율반 국민이 아니라 차이퐁 국적을 가진 율반족입니다. 국적이 같은 범인의 애인도 사건 당일 의문의 죽임을 당했습니다. 배후가 존재할 개연성이 충분하지 않습니까?"

"어디까지나 개연성일 뿐이죠."

"영부인이 율반족에게 당한 뒤 극심한 혼란이 연쇄적으로 일어났습니다. 혼란은 마원일 장권을 무너지기 직전까지 몰아붙이고 있습니다. 그런데 혼란의 중심에는 수많은 율반족들이 움직인다고 들었습니다. 율반족은 돈을 벌려고 왔지 투쟁하러 온 사람들이 아닙니다. 오더를 받지 않는 이상 폭동에 가담할 리가 없습니다."

"율반족은 훈련받지 않은 일반인들입니다. 일반인들이 오더를 받고 일사불란하게 움직이는 것이 가능한 일입니까?"

"차이퐁은 상명하복(上命下服) 체제가 뿌리박힌 사회주의 국가입니다. 율반족은 그 안에서 전체주의 방식의 교육을 받고 자랐습니다. 자연히 집단행동에 강할 수밖에 없습니다."

"마치 차이퐁이 배후인 것처럼 말씀하시는 군요."

"확신하고 있습니다."

"마원일 수상도 그렇게 알고 있습니까?"

"수상님의 생각을 얘기할 입장이 아닙니다."

"이해가 안 됩니다. 마 수상은 좌파 노선을 걸으면서 사회주의 국가인 차이퐁과 사이가 좋았지 않습니까."

"그렇습니다. 수상님은 노선을 수정한 적도, 차이퐁을 배신한 적도 없습니다. 그런데도 차이퐁에게 당했습니다. 차이퐁이 오해를 하지 않고서야 일어날 수 없는 일입니다."

"그 말이 맞는다면 뭐 때문에 오해를 했을까요?"

"수상님이 차이퐁과 가까워지는 걸 두려워한 누군가가 이간질했을 수도 있지 않겠습니까."

"누가 그랬다고 상상하십니까?"

"당연히 차이퐁과 경쟁관계에 있는 쪽이 그랬지 않겠습니까. 그중에서도 기만공작에 능한 집단이 아닐까요?"

켈리는 반다륜의 말을 들을수록 통찰력이 예리하다는 느낌을 지울 수 없었다. 자연히 그의 말에 귀가 기울여졌다.

"장군께서는 차이퐁이 누군가의 기만공작에 넘어가서 일을 저질렀다고 보시는군요."

"차이풍은 자기 눈을 자기가 찌른 겁니다. 그러나 그들도 공작에 이용당한 피해자일 뿐입니다."

"그런 논리라면 마 수상이 최대의 피해자가 아닐까요?"

"그 바람에 수상님은 넘지 않아도 될 산을 너무 많이 넘었습니다. 영부인의 죽음이 일파만파의 후폭풍을 불러왔으니까요. 그래서인지 이젠 수상님도 지쳐 보입니다."

"그렇다면 수상이 자진사퇴할 수 있다고 보시는 겁니까?"

"사퇴는 절대 하지 않을 겁니다. 그렇게 되면 사회주의에 굴복하는 결과가 되니까요. 수상님은 좌파지만 사회주의자는 아닙니다."

"그러나 마 수상이 버틸수록 혼란은 커질 것이고, 혼란을 틈타고 대광(율반과 대치하고 있는 사회주의 국가)과 소통하는 세력들이 정권을 넘볼 위험성도 있지 않을까요?"

"그게 가장 걱정되는 미래입니다."

그때 켈리 지부장이 두 손으로 반다륜의 오른손을 잡았다.

"그렇다면 자유민주주의를 지키기 위해 마원일 정권을 정리해야 하지 않겠습니까. 앞장서 주십시오. 자유민주주의라는 공동가치를 위해 적극 도우겠습니다."

반다륜이 담담하게 말했다.

"내게 주어진 사명이라면 피하지 않겠습니다. 좌파 정권 아래서 알량한 자리 지키느라 무너지는 자유민주주의를 못 본 체한 나 자신이 부끄럽습니다."

그때까지 군부 안에 만들어 놓은 사조직의 60%가 살아 있던 반다륜 안보보좌관이 쿠데타의 정점에 서자 쿠데타군은 순식간에 대세를 형성했다. 쿠데타 모의를 적발해야 할 특무사령부조차 군심(軍心)과 민심이 모두 기울었다는 것을 알고선 반다륜 쪽에 줄을 섰다.

마원일 수상 실각(失脚)

쾌청한 날씨의 7월 4일. 마원일 수상은 위대일 계엄사령관의 건의에 따라 계엄군을 격려하기 위해 국방상과 안보보좌관을 대동하고 계엄사령부를 방문했다. 위대일 계엄사령관은 마 수상 일행을 사령관실로 안내했다. 일행이 차를 마시며 환담하던 중 반다륜 안보보좌관이 뜬금없는 말을 꺼냈다.

"수상님, 실은 저희들이 일을 꾸미고 있습니다."

갑자기 좌중이 조용해졌다. 그러자 반다륜이 자리에서 일어나 마 수상에게 머리를 숙였다.

"미리 말씀드리지 못해 죄송합니다."

마 수상이 의아한 표정을 지었다.

"알아듣게 말을 하시오."

반다륜이 다시 머리를 숙였다.

"불충(不忠)을 용서하십시오."

눈치를 챈 마 수상이 쏘아붙였다.

"반역이라도 한다는 거요?"

일어서 있던 반다륜이 앉아 있는 마 수상을 내려다봤다.

"대세가 기울었습니다. 협조해 주십시오."

마 수상이 주먹을 불끈 쥐고 고함을 질렀다.

"저주받을 놈!"

마 수상이 경호원을 부르려던 그때 문밖에서 총성이 나면서 고함과 비명이 뒤섞인 소리가 들렸다. 하지만 소란은 오래가지 않았다. 병력과 화력에서 열세인 수상 경호원들이 거사에 가담한 계엄사 병력들에게 순식간에 제압당한 것이다.

곧이어 쿠데타군이 계엄사령관 방으로 난입해 수상, 국방상, 계엄사령관을 체포해 특무사령부로 압송했다. 그와 동시에 위장 훈련을 하며 이동하고 있던 특수전 부대가 방향을 틀어 국방성과 육군본부를 점거했다. 지휘 계통이 마비되자 쿠데타군에 저항하는 움직임은 일어날 수 없었다. 곧이어 전후방 지휘관들이 쿠데타를 지지하고 나섰다. 지휘관 대다수는 반다륜이 조직한 사조직의 후배들이었다. 그 직후 계엄군은 궐기 선언문을 발표했다.

「군(軍)은 오늘 마원일 정부의 반헌법적 좌편향 노선을 종식시키고 자유민주주의를 회복하기 위해 궐기했음.」

「국회, 내각, 지방 자치단체, 지방 의회를 해산하고 국가 최고통치기구인 중앙비상위원회를 두기로 했음. 중앙비상위원회 의장에는 반다룬 예비역 육군 대장을 현역으로 원대 복귀시켜 선출했음.」

「1년 안에 대통령 직선제 개헌과 총선거를 실시해 새로운 정부와 의회를 선출하겠음.」

「사법, 경제, 외교, 치안, 종교 영역의 정상적인 활동을 보장하고 망국적인 반국가, 반헌법, 극우 세력을 척결하여 자유민주주의 수호에 만전을 기할 것임.」

「계엄령은 총선거를 실시할 때까지 존치함. 계엄사령관 위대일 대장은 예편과 함께 해임하고, 후임에는 15군 사령관을 육군총장으로 승진시켜 임명했음.」

이어서 집회, 결사, 정치활동을 불허하는 포고령을 내리고 계엄군이 국회와 정당을 봉쇄했다. 군중이 모일 수 있는 광장은 폐쇄됐다. 대학에 휴교령이 내려지고 군 병력이 캠퍼스에 주둔했다. 취재 활동은 보장했으나 미디어, SNS, 구전(口傳)을 통한 유언비어 유포는 강력히 단속했다.

쿠데타가 일어난 다음 날 아리카의 지지 성명이 나왔다. 그러자 사태를 주시하던 나머지 우방국들의 지지가 잇따랐다. 지하실에 연금된 마원일 앞에 촬영 팀이 도착했다. 쿠데타군이 "낭독해 주십시오."라며 준비해 온 사퇴서를 내밀었다. 체념한 마원일이 순순히 촬영에 응했다.

"나라를 어지럽힌 과오에 책임을 통감하고 사퇴한다."

낭독 실황은 즉각 방송됐다. 뒤이어 내각이 총사퇴를 결의하고 마원일은 '신병 치료' 명목으로 출국했다. 작년 3월 우파 수상이 무모하게 비상조치를 선포했다가 반헌법적 범죄를 저질렀다는 이유로 쫓겨난 데 이어, 2개월 뒤에 취임한 좌파 수상도 1년 2개월 만에 쿠데타가 일어나 무너진 것이다.

중앙비상위원회 위원 15명을 비롯해 새로 임명된 중앙부처 장관, 주요 기관장, 지방단체장 명단이 발표됐다. 반쿠데타 범죄를 다루는 특별 수사기구가 설치됐다. 국회 기능을 대체할 비상 입법기구가 중앙비상위원회 아래 설치되고 '국정 쇄신과 자유민주주의 수호를 위한 비상 조치법'이 제정, 공포됐다. 이 법에 따라 기존 정당을 해산하고 병역 미필, 부패, 전과가 있는 자들의 정치활동과 피선거권을 정지시켰다. 이어서 반헌법 혐의를 받고 있는 주광파(走光派) 308명, 전·현직 국회의원 35명, 국회의원 보좌관 12명, 노조 간부 48명, 시민사회단체 간부 20명, 언론인 5명, 변호사 15명, 평론가 3명, 종교인 4명, 유튜브 운영자 4명, 여론조사 기관 대표 2명, 교수 7명, 교사 26명, 대학생 6명, 무직 32명 등 모두 527명을 체포했다. 이와 함께 좌파 성향의 법관과 검사 47명을 대기 발령하고 사상 검증에 들어갔다. 극우파 29명도 내란 혐의로 구속했다. 암약하던 율반족도 쿠데타군의 위세에 눌린 탓인지 납작 엎드려 있었다.

아리카 영사관 인질 사태에도 반전이 일어났다. 인질 5명을 붙잡고 있던 범인들에게 인질 1인당 60만 불의 몸값과 해외 출국을 보장하자 범인들은 영사관 직원들을 풀어 주었다. 몸값은 익명의 아리카 독지가가 율반의 중앙비상위원회에 몰래 제공한 돈이었다. 며칠 후 아리카로부터 희소식이 전해졌다.

"관세 예외조항을 검토하겠다. 율반이 그 대상 가운데 하나로 고려되고 있다."

나라가 안정을 되찾았다. 전쟁 조작 의혹과 장기간의 혼란에 지쳐있던 국민들은 마원일 정권을 무너뜨린 쿠데타를 반기지 않을 수 없었다. 싸움만 하던 국회가 해산되자 새로운 의회정치에 대한 기대감으로 박수를 쳤다.

차이퐁 보안부 요원의 눈물

차이퐁(가상의 나라) 보안부의 당순원 2국장과 류소태 공작관은 크게 낙담했다.

"인질극까지 벌였는데 쿠데타 한 방에 물거품이 돼 버렸어."

"끝까지 싸우지 않고 돈을 좇아간 놈들이 너무 괘씸합니다, 얼마나 공을 들였는데."

"마원일이 무너졌으니 버틸 명분도 없었잖아. 게다가 평생 만져 보지 못할 큰돈을 준다니까 흔들렸겠지."

"다른 공작원들의 신변이 걱정됩니다."

"훈련된 요원들이니 꼬리 잡힐 일은 하지 않았을 거야."

그 직후 세 가지 지침이 세워졌다.

「급파된 공작원들은 율반에 들어갈 때처럼 소형 잠수정으로 복귀
한다.」

「율반에 상주(常駐)하는 공작원들은 본인의 판단에 따라 일상생
활을 계속하거나 복귀한다.」

「일선에서 활동하는 세포들은 공작원 책임 아래 움직인다.」

공작 실패의 후과(後果)는 거기서 그치지 않았다. 다음 날 두 사람에
게 지휘계통을 밟지 않고 공작을 벌인 데 따른 처벌이 내려졌다. 보안
부가 개입한 것을 감추기 위해 처벌 사유를 '근무태만'으로 정하고 형사
처벌도 면해 줬다.

「당순원 2국장, 해임」

「류소태 공작관, 1년간 정직(停職)」

그날 저녁 두 사람은 아무도 없는 보안부 연병장 귀퉁이에 앉아 작별 인사를 나누었다.

"엎치락뒤치락하더니 결국 우리가 진 건가?"

"최선을 다했지 않습니까. 애국심을 몰라주는 상부가 야속할 뿐입니다."

연병장 너머로 뉘엿뉘엿 저녁노을이 지고 있었다.

"저 노을처럼 벌겋게 물들이고 싶었는데."

"낙심하지 마십시오. 율반을 평정할 날이 꼭 올 겁니다."

울컥해진 당순원이 입술을 지그시 깨물었다.

"율반엔 참 대단한 족속들이 살고 있어."

"저력이 있는 것 같습니다."

"그들에게 역전패 당했다고 생각하니 많이 아쉬워."

그 말을 하는 당순원의 눈에 핑그르르 눈물이 맺혔다.

"어이, 류소태. 한잔할까?"

두 사람은 어깨동무를 하고 힘차게 노래를 부르며 연병장을 가로질러 걸어갔다.

"밤하늘에 반짝이는 다섯 개의 별
우리의 갈 길을 인도하신다.
새벽이 올 때까지 꺼지지 않고
조용히 우리를 지켜 주신다.
나가자! 나가자! 승리의 그날까지
이기자! 이기자! 차이퐁 인민이여."

저녁노을을 바라보고 걸어가는 두 사람의 등 뒤로 그림자가 길게 드리우고 있었다.

II

암적(癌的) 존재들

....

"암적(癌的) 존재 척결"

"쿠데타의 서슬이 시퍼런 이때가 개혁의 최적기야."

두 달 전 쿠데타를 일으켜 집권한 중앙비상위원회 반다륜 의장의 머릿속에는 개혁의 그림이 자리 잡고 있었다.

"본격적인 개혁을 하기 전에 기득권 세력을 긴장시킬 필요가 있어. 그래야만 순조롭게 개혁이 이뤄질 테니까."

그가 구상하는 첫 단계 개혁의 키워드는 '암적(癌的) 존재 척결'. 그가 지목한 암적 존재란, 기득권을 지키려고 탈법과 편법을 밥 먹듯이 하는 소수 특권층을 가리키는 말이었다. 결심이 선 그는 기득권 세력의 저항을 최소화하는 방안을 고민하기 시작했다.

'물리적 응징을 한 뒤, 여세를 몰아 제도 개혁을 단행하면 저항이 약해질 수밖에 없겠지.'

제도 개혁은 자신이 입법권까지 쥐고 있는 만큼 어려움이 없을 것 같았다. 7월 쿠데타 이후 국회를 해산하고 자신이 의장으로 있는 중앙비상위원회 안에 비상 입법기구를 설치했기 때문이다. 하지만 물리적 응징을 맡길 만한 사람이 마땅치 않았다.

"아무에게나 맡기기엔 위험부담이 너무 커. 비밀이 새 나가면 역풍이 불 테니까."

숙고를 거듭하던 중에 불현듯 차이퐁(가상의 나라)에서 사업을 하고 있는 옛 부하가 떠올랐다.

숨겨둔 병기(兵器) 호출

"안가(安家, 비밀 장소)에는 처음 와 보지?"

"집무실에선 뵀지만 여기는 처음입니다."

"사업은 잘되고 있나?"

"분에 넘치게 밀어주신 덕분에 번창하고 있습니다."

인사를 마치자 반다륜 의장은 30대 중반의 남자에게 술을 따라주었다.

"한잔 들게."

"무슨 일이라도 있으십니까? 갑자기 호출하셔서."

율반(가상의 나라)의 최고 권력자인 반다륜 의장은 평소와 달리 소심해 보였다. 그는 지난 5월 마원일 수상의 부인이 암살된 이후 벌어진 우파와 좌파의 극렬한 대결 속에 쿠데타를 일으켜 최고 통치기구인 중앙비상위원회 의장에 올랐다.

"큰일을 치렀지만 걱정이 태산이야."

"혼란이 잘 수습됐지 않습니까."

"진짜 할 일은 지금부터인 것 같아. 귀관을 부른 것도 그 때문이야."

"명령을 내리시면 뭐든지 하겠습니다."

"막상 집권하고 보니 자주, 국가, 우파, 좌파 하며 난리를 피우고 있지만 그게 중요한 것은 아닌 것 같아."

"핵심 과제들 아닙니까?"

"강대국에 의해 강제로 분단된 나라에서, 더구나 외국 군대가 지켜 주는 나라에서 자주니 민족이니 하는 구호는 정치인들의 선동일 뿐이야."

"우파, 좌파로 나누어 대결하는 것도 궁극적으로는 정권을 잡는 게 목적 아닙니까?"

"정치하는 놈들이 정략적으로 갈라놓은 분열일 뿐이지."

"하지만 좌파 쪽에는 자유민주주의를 부정하고 대광(율반과 대치 중인 가상의 사회주의 국가)과 내통하는 세력도 있지 않습니까."

"시대착오적인 쪽은 우파도 마찬가지야. 그래서 집권하자마자 반국가, 극우, 극좌 세력을 뿌리 뽑았던 거야."

"경제도 중요한 과제가 아니겠습니까."

"정부가 용을 쓴다고 경제가 좋아질까? 물론 컨트롤 타워는 있어야겠지. 하지만 기업이 열심히 뛰고 안팎으로 상황이 받쳐 줘야 경제가 일어나지 않겠어? 우리 경제는 정부가 통제해야 하는 수준을 벗어난 지 오래됐어."

"그렇다면 뭐가 중요하다고 보십니까?"

반다륜 의장은 잠시 생각하더니 입을 뗐다.

"국방, 외교, 치안, 보건, 그리고 사회규범이 정의롭게 작동하도록 관리하는 것, 그게 정부가 할 일인 것 같아."

"탁견이십니다."

"그런데 우리 주변엔 자기 이익 챙기려고 사회정의를 짓밟는 암적(癌的) 존재들이 너무 많아, 우파든 좌파든."

"법적으로 조치하면 되지 않습니까."

"섣불리 건드리기엔 너무 커 버렸어. 자칫하면 되치기당할 수도 있어."

그 말에 남자의 부아가 치밀었다.

"도대체 누구길래 그런 말씀을 하시는 겁니까?"

반 의장은 대답 대신 얼굴을 찌푸렸다. 그러자 남자가 속사포처럼 되물었다.

"배를 더 불리려고 야비한 짓을 일삼는 자들 아닙니까?"

내면에 잠재해 있던 기득권 세력에 대한 불만이 부지불식간에 터져 나온 것이다. 그가 장교가 되기 위해 군관학교에 입교한 것도 저희들끼리 밀어주고 당겨 주며 호의호식하는 특권층이 없는 사회에서 살고 싶었기 때문이었다. 반 의장은 남자의 정곡을 찌르는 질문에 마음속으로 탄복했다.

'역시 이심전심으로 통하는 친구야.'

반 의장의 본심을 꿰뚫은 남자는 한발 앞서 나갔다.

"국민의 가려운 곳이 있다면 긁어 줘야 하고, 상처가 있다면 약을 발라 줘야 하지 않겠습니까."

"쉬운 일이 아니야. 구석구석 그들의 프락치가 숨어 있어. 내 코밑에까지 파고든 것 같아."

남자는 반 의장이 자기를 부른 이유를 알 것 같았다.

'기득권과 무관한 내게 맡겨야 믿을 수 있기 때문이겠지.'

그러자 반 의장이 무척 외로워 보였다. 도와주고 싶은 마음이 샘물처럼 솟아났다.

"걱정 마십시오. 지금까지는 지도자가 그들에게 휘둘렸기 때문에 실패했지만 의장님이 소신을 지켜 주신다면 틀림없이 성공할 수 있을 겁니다."

반 의장은 천군만마를 얻은 것처럼 흡족했다.

"특권층은 기득권을 놓지 않으려고 온갖 편법과 탈법을 동원해 서민들을 멍들게 하고 있어. 내가 집권하는 동안 사회정의만큼은 반드시 바로 세우겠어."

소수 특권층을 향한 분노

숙소로 돌아온 왕동청(王東靑)은 반다륜 의장과 나눈 대화를 되씹어 봤다.

"귀관이 군복을 벗을 때 끝까지 도와주지 못한 것이 평생의 한이 되고 있어."

"의장님도 어쩔 수 없지 않았습니까. 잊어 주십시오."

6년전 반다륜 장군이 108사단장으로 근무할 때 왕동청 대위를 전속 부관으로 발탁했다. 왕동청은 군관학교 수석 입교에 이어 아리카에서 특수전 코스를 수료한 무술 고단자였다. 왕 대위는 반 장군의 관사에서 숙식을 하며 가족들과도 끈끈한 관계를 맺었다. 그런데 어느 날 밤 관사에 권총을 든 괴한이 침입했다. 왕동청 대위는 반 장군을 지키기 위해 결사적으로 괴한과 맞섰다. 격렬히 몸싸움을 하는 과정에서 권총의 방아쇠가 당겨지고 괴한은 사망했다.

괴한은 군부 안에서 반 장군과 앙숙인 림표량 장군이 보낸 자객으로 의심받았지만 수사기관은 금품을 노린 강도라고 발표했다. 반 장군이 백방으로 구명운동을 벌였으나 왕동청은 정당방위를 인정받지 못했다. 결국 왕동청은 징역 3년을 선고받고 전역했다. 반 장군은 죄책감을 떨칠 수 없었다.

"아까운 재목인데 나 때문에 빛도 못 보고."

3년간의 복역을 마친 왕동청은 반 장군의 주선으로 차이퐁으로 건너가 무기 중개업을 시작했다. 그러다 반 장군이 쿠데타를 일으켜 집권한 뒤 요직을 권유받았으나 사양했다.

"나를 평생 죄인으로 만들려고 작정을 했나?"

"사업을 해 보니 천직이라는 걸 깨달았습니다."

  왕동청은 이번에도 들어오라는 전갈을 받고 흔들리지 말자고 마음을 다잡았었다.

"장군이 대업을 이루었으니 나의 한도 풀어졌어. 장군과의 인연은 거기까지다."

  하지만 막상 기득권 세력 앞에서 주춤거리는 반 의장의 고충을 들어보니 분노가 치밀어 올랐다.

"어떻게 이룬 대업인데 기득권 세력한테 밀리다니."

  마침내 왕동청은 "만난(萬難)을 무릅쓰고 돕겠다."고 약속하지 않을 수 없었다.

"암적 존재가 누구인지 말씀해 주실 수 있습니까?"

하지만 반 의장은 굳게 입을 다물었다.

"제가 알아서 하겠습니다. 대신 부탁드릴 게 있습니다."

"말해 보게."

"효과를 보려면 제도적 개혁과 물리적 응징이 같이 가야 할 것 같습
니다."

"그래서 귀관을 부른 거야."

"저는 응징에 전념하겠습니다."

"불을 붙여만 주게. 나도 생각이 있으니까."

전직 정보요원 K

왕동청은 반잔(차이퐁의 수도)으로 돌아오자마자 전직 정보요원 K

를 만났다. K는 2년 전 OPK(율반의 국가정보기관)에서 퇴직한 뒤 차이
풍으로 건너와 여행사를 운영하고 있었다. 두 사람은 같은 나이의 무
술 고단자로 성격마저 비슷해 의기투합한 사이였다.

"율반엔 잘 다녀왔지?"

"일이 생겼어."

허물없는 사이지만 왕동청은 왠지 모르게 긴장이 됐다.

"율반에서 탈법과 편법으로 호의호식하는 기득권층이 누구라고 생
각해?"

느닷없이 던진 질문인데도 뜻밖의 대답이 돌아왔다.

"안 그래도 현직에 있을 때 검토한 적이 있었어."

반색을 한 왕동청이 눈을 동그랗게 떴다.

"누구야, 그들이?"

K는 잠시 기억을 더듬더니 입을 열었다.

"크게 봤을 때 세 가지 유형으로 나눌 수 있어."

왕동청의 목구멍으로 침이 꼴깍 넘어갔다.

"세 가지라고?"

"첫째가 법조계의 특권화, 둘째가 상류층의 병역 면탈, 셋째가 고소득 전문직의 탈세."

왕동청은 응징 대상자의 가닥이 잡히는 것 같았다.

"가장 심각한 곳이 어디지?"

"법조계가 가장 심한 것 같아."

"자세하게 설명할 수 있어?"

"대형 로펌이 가장 강력한 덩어리지. 난공불락의 존재야."

"어느 정도길래 난공불락(難攻不落)이라는 거야?"

"막강한 두뇌, 인맥, 자금이 다 모인 곳이라고 보면 돼."

"재판 승소율도 높겠네?"

"당연하지. 재판에 이기기 위해 필요한 사람들이 다 모여 있으니까. 누가 봐도 질 것 같은 재판도 로펌이 수임하면 이기는 경우가 한두 건이 아니야."

"보통 사람들은 넘볼 수 없겠구나."

"물론이지. 대형 로펌은 기득권층을 지켜 주는 든든한 방패라고 할 수 있어."

왕동청은 대형 로펌이 율반 사회의 공룡으로 군림하고 있다는 소문이 사실임을 깨닫자 어금니가 꽉 깨물어졌다.

"그다음은?"

"법조인들끼리 덮어 주고 봐주는 법조 카르텔이지."

"드러난 사례가 있나?"

"개업하고 1년 만에 천문학적인 수임료를 벌어들인 율사들이 수두룩해. 전관예우(前官禮遇)라는 말도 그들 스스로 만들어 낸 거야. 봐주는 걸 합리화하려고."

"그다음은?"

"법을 궤변적으로 해석해 법망을 피해 가는 기술자들이 있어. 법을 악용해 이익을 취하는 미꾸라지들이지."

"상식이 살아 있는데 그런 게 통할 수 있나?"

"같은 사건이라도 누가 재판하느냐에 따라 결과가 완전히 달라지고 있잖아. 법률과 양심에 따라 판결한다지만 법관을 지고지순한 천사라고 착각해선 안 돼. 사법 시스템의 허점이자 부끄러운 민낯이지."

"그래 가지고 어떻게 공정성을 믿을 수 있겠어? 차라리 인공지능(AI)이 재판하는 게 낫겠다."

"그런 날이 빨리 와야 해, 공정한 재판이 이뤄지려면."

"이따위 부조리가 근절되지 않은 이유가 뭘까?"

"그게 기득권의 힘이라는 거야. 자기들이 처벌 권한을 갖고 있는데 근절이 될 수 있겠어?"

"법치국가에서 있을 수 없는 일이잖아."

"법치국가니까 있을 수 있는 거야. 법은 그들만의 전유물과 같으니까."

왕동청은 문득 개혁에 나서려는 반다륜 의장이 생각났다.

"최고 지도자가 나서면 될 거 아니야."

"최고 지도자라도 엄두를 내기 어려울걸? 기득권 세력이 힘 있는 자리를 차지하고 나라를 좌지우지하고 있으니까. 반다륜 의장도 그들에게 포위됐을 수 있어."

그 순간 왕동청은 "내 코밑에까지 특권층 프락치가 파고든 것 같다." 라고 토로한 반다륜 의장의 말이 떠올랐다.

'개혁의 벽이 이 정도로 높은 건가?'

분통이 터질수록 왕동청의 가슴속에선 '오만한 그들을 반드시 굴복시키겠다.'는 의지가 불타올랐다.

"병역 면탈은 어느 정도야?"

"주위를 둘러보라고. 멀쩡한 놈들이 군대 빠지는 거, 이젠 화젯거리도 아니야."

"유명한 사람도 있나?"

"수두룩하지. 지도층 인사에서부터 재벌, 언론인, 연예인, 운동선수까지. 민주 투사라고 떠들어 대는 놈들조차 지 손가락 잘라 군대 빠질 정도니 할 말 다한 거지."

"하기야 방귀 깨나 뀌니까 군대도 빠질 수 있겠지."

"군에서 목숨 걸고 고생하는 흙수저들만 불쌍해. 부모 잘못 만나 어렵게 자란 것도 억울한데 병역의무까지 차별 받고 있으니 상놈들만 군대를 가던 봉건시대와 뭐가 다르냐고."

"도대체 이런 일이 어떻게 일어날 수 있지? 빠지는 놈들보다 빼 주는 놈들이 더 나쁜 것 아냐?"

"전문 브로커를 비롯해 국방을 해치는 역적들이 존재하고 있어. 입영을 판정하는 기준도 엉성하고."

"전문직들의 탈세는 어느 정도야?"

"내가 현직에 있을 때 탈세 자료를 보고 까무러칠 뻔했다니까. 상상을 초월해."

"요즘같이 투명한 세상에도 탈세가 가능한가?"

"오히려 큰 회사는 탈세가 드물어, 안팎으로 감시가 엄중하니까. 하지만 전문직들에겐 빠져나갈 구멍이 너무 많아."

"소득 있는 곳에 세금 있는 것 아닌가?"

"그건 서민에게 적용되는 논리지. 세상엔 특권이 판을 치는 별천지도 있으니까."

여기까지 말한 K는 정색을 하고 물었다.

"무슨 일 있어? 무기 장사꾼이 이런 걸 다 묻고."

"실은 정부에서 일을 벌이려고 해."

그러자 눈치 빠른 K가 정확하게 찔렀다.

"비리 특권층 척결?"

"그래, 나 좀 도와주라."

"현직에 있을 때 그들을 척결하자는 기획안을 올렸다가 위에서 깔아 뭉개는 바람에 무산된 적이 있어."

"기득권 세력이 손을 썼나 보지?"

"그 바람에 진급도 못 하고 옷까지 벗었지만 지금도 그 생각을 하면 치가 떨려."

제도적 개혁

"부르셨습니까, 의장님?"

비상입법회의 총무가 반다륜 의장에게 불려 왔다. 비상입법회의는 7월 쿠데타로 국회가 해산된 뒤 설치한 비상 입법기구다.

"몇 가지 지시를 할 테니 극비리에 준비하시오."

반 의장은 준비해 온 메모지를 보며 법조계 개혁안부터 읽어 내려갔다. 이어서 병역법 개정을 지시했다. 지시 사항을 받아 적은 총무가 놀란 표정으로 쳐다봤다.

"어떻소?"

"한마디로 혁명적입니다."

"내가 쿠데타를 했으니 당연한 일 아니겠소?"

"만시지탄(晩時之歎)이지만 올 것이 온 것 같습니다."

"한 달 안에 작업을 완료하시오. 새 나가면 총무가 흘린 것으로 간주하겠소."

잠시 뒤 세무청장이 불려 왔다. 반 의장의 지시를 받아 적은 세무청장이 물었다.

"시행은 언제 하면 되겠습니까?"

"극비리에 준비를 하고 있으면 지시를 내리겠소."

뒤이어 국방상이 불려와 병역비리 척결 방안을 지시받았다. 조금 뒤 OPK(율반의 국가정보기관) 국장이 불려 왔다.

"그 동네는 요즘 한가한 모양이지?"

국장의 얼굴이 사색이 됐다.

"열심히 하고 있습니다만 더욱 분발하겠습니다."

"법조계 동향은 왜 보고 안 하나?"

"조만간 심층 보고서를 올리겠습니다."

"심층 보고도 좋지만 단편 보고라도 자주 올리시오."

"명심하겠습니다."

"앞으로 최근 개업한 율사 동향, 특히 전관예우 부분을 집중 체크하시오."

"특별 팀을 만들어 주시하겠습니다."

"법조인끼리 봐주고 하는 것도 빠짐없이 적발하시오. 심하다고 할 정도로 해도 좋소."

"모든 수단을 총동원하겠습니다."

응징 대상자 선별

왕동청과 전직 정보요원 K는 머리를 맞대고 응징 대상자 선별에 들어갔다. K가 확보한 정보를 바탕으로 검토한 끝에 최종적으로 3개 분야에 1명씩을 추려냈다.

    〈법조계 부조리〉: K 로펌 대표 응가일(70세, 율반 최대의 로펌 운영, 기득권 이익 대변의 선두주자)

    〈전문직 탈세〉: S 성형외과 원장 유시철(47세, 최상위 소득의 개업 의사, 편법에 의한 거액 탈세 의혹)

    〈병역 면탈〉: A 신문사 사장 박시운(42세, 운동을 즐기는 체질이면서도 폐결핵을 이유로 병역 면제)

"분야별로 상징성이 큰 인물을 추렸으니 일이 벌어지면 파장이 상당할 거야."

일을 시작하기도 전에 왕동청은 들떠 있었다. 그러자 K가 제동을 걸었다.

"잘못하면 의적(義賊)이 아니라 잡범 취급을 받을 수 있어. 절대 들떠선 안 돼."

K에게 훈계를 들은 왕동청은 선생님 앞에 불려온 학생처럼 공손해

졌다.

"미안해. 나는 군인 출신이라 공작은 잘 몰라. 이제부턴 네가 집행을 총괄하고 나는 후방 지원을 맡을게."

자연스럽게 역할 분담이 끝났다. 노련한 K는 자존심이 강한 왕동청을 달래는 말을 잊지 않았다.

"아무리 그래도 네가 갑이고 나는 을에 불과해."

겁을 먹은 로펌 대표

율반의 최고 지도자가 그토록 비밀 엄수를 당부했는데도 특권층을 겨냥한 개혁 태풍이 불 것이라는 소문이 퍼져 나갔다. 소문의 진원지는 세무청 소속 국장이었다. 퇴직을 앞두고 로펌에 취업을 타진하고 있던 국장이 정보를 입수하고선 K 로펌의 웅가일 대표를 찾아간 것이다.

"대표님 신상까지 위태로울 수 있습니다."

"무슨 뜻이죠?"

"제도 개혁과 물리적 응징을 병행한다고 들었습니다."

"확실한 정보입니까?"

"반다륜 의장 주변에서 나온 얘기라고 합니다."

"혹시 누가 움직이는지 아시나요?"

"제도 개혁은 의장이 직접 챙기고 있답니다."

"물리적 응징은?"

"의장의 옛 부하가 얼마 전 다녀갔다고 합니다."

즉각 로펌 간부진의 구수회의가 열리고 결론이 내려졌다.

"물리적 응징이 실패하면 제도 개혁도 물 건너갈 것이다. 응징부터
무산시켜야 한다."

안테나를 총동원해 반 의장의 옛 부하가 차이퐁에서 사업을 하는 왕
동청임을 알아냈다. K 로펌의 응가일 대표는 묘안을 찾으려고 밤잠을

설치며 고심했다. 그는 대대로 부유한 집안의 장손으로 초일류 스펙을 쌓아 온 변호사였다. 변호사 286명과 전직 고위 관료 45명을 거느리고 중요한 재판과 사회 이슈에 막강한 영향력을 행사해 왔다. 하지만 막상 자신이 개혁 대상자로 몰려 위해를 당할지 모른다고 생각하니 겁이 나서 잠도 오지 않았다.

'내가 당하고 나면 여태껏 쌓아 온 명예와 재산이 무슨 소용이 있겠나.'

며칠 밤을 번민하던 그때 차이풍에서 외교관 생활을 한 적이 있는 로펌 직원이 아이디어를 건넸다.

"왕동청의 아킬레스건은 차이풍의 웅천에서 무기 공장을 하고 있는 장리흔 사장입니다."

"그 사람이 왕동청을 움직일 수 있단 말인가요?"

"장리흔 사장은 무기 중개상인 왕동청의 모가지를 쥐고 있습니다. 왕동청에게 무기를 공급하고 있으니까요."

"그 사람을 어떻게 움직일 수 있습니까?"

"그 사람은 이곳에 주재하는 차이퐁 대사와 가깝습니다."

차이퐁 대사와 친분이 두터운 웅가일 대표가 반색을 했다.

"두 사람이 어느 정도 가까운가요?"

"장리혼이 사기를 치다 공안 당국에 걸렸을 때 펑라오 대사가 구해 준 적이 있다고 합니다. 공안 당국의 간부가 대사의 형이기 때문입니다. 그 뒤로 펑 대사의 말이라면 장리혼이 깜빡 죽는다고 들었습니다."

왕동청의 배신

K는 준비를 서둘렀다. 맨 먼저 떠오른 인물이 차이퐁 국적의 율반족 조태령(30세). 그는 K가 OPK(율반 국가정보기관)에서 근무할 때 공작 원으로 채용해 5년 동안 생사고락을 함께한 사이로 차이퐁에서 흥신소 를 운영하고 있었다.

"설명을 들어 보니 어때?"

"정부 요인도 아니고 일반인을 처리하는 건데 어려울 게 있겠습니까."

K는 뛸 듯이 기뻤다. 그러자 조태령이 K를 똑바로 쳐다보며 정색을 했다.

"일을 매끄럽게 처리하려면 A급 인력을 써야 합니다."

"걱정 마. 지원은 충분히 할 테니까."

"수일 내로 준비를 완료해서 브리핑하겠습니다."

K는 일이 순조롭게 풀린다고 생각하니 흐뭇했다. 그런데 이상한 일이 벌어졌다. 왕동청이 이 핑계 저 핑계를 대며 만남을 피하는 것이었다. 왕동청의 사업장과 숙소까지 찾아갔지만 만날 수가 없었다. 얼마 뒤부터는 통화마저 두절됐다. '누군가의 손을 탄 건 아닐까?'라는 불길한 생각이 스쳐 갔다. 하는 수 없이 조태령에게 "사정을 알아보라."고 지시했다. 다음 날 아침 조태령이 헐레벌떡 뛰어왔다.

"왕동청이 변심한 것 같습니다."

K는 너무 놀란 나머지 자기도 모르게 소리를 질렀다.

"쓸데없는 소리 하지 마!"

"흥분하지 마십시오. 정보맨답지 않습니다."

"어떻게 알아냈어?"

"어젯밤에 해커를 시켜 왕동청의 메일을 뒤졌더니 증거가 나왔습니다."

"어떤 증거?"

"웅천에 있는 장리흔 사장 아시죠?"

"왕동청에게 물건을 대주는 율반족 말이지?"

"장리흔이 왕동청에게 보낸 메일에 왕동청을 협박하는 내용이 있었습니다."

"뭐라고 협박했는데?"

"당장 그만두지 않으면 거래를 끊겠다고."

맥이 쭉 빠진 K에게 조태령이 결정타를 날렸다.

"탈세 자료를 폭로하겠다는 협박까지 했습니다."

라이퐁에서 탈세를 하면 징역 5년 이상의 처벌을 받는다. K는 할 말을 잃었다.

"지독한 놈이군. 동족끼리 너무한 것 아냐?"

"폭력배 출신인 그놈은 율반족 사이에서도 인심을 잃은 지 오래됐습니다. 동족을 상대로 고리채(高利債) 장사까지 한 놈입니다. 돈만 생긴다면 무슨 짓이라도 하는 놈입니다."

"왕동청을 어떻게 알아냈을까?"

"알아보겠습니다만 왕동청이 협박에 굴복한 것은 틀림없는 것 같습니다."

기득권 세력의 반격

율반의 최고 권력자인 중앙비상위원회 반다륜 의장은 초조했다. 아무리 기다려도 왕동청이 맡은 '응징'이 벌어지지 않기 때문이었다.

"물리적 응징이 선행되지 않으면 제도 개혁을 단행하기도 어려워지는데."

누구에게 알아보라고 할 수도 없고 답답할 뿐이었다. 왕동청에게 연락을 취해 봤지만 이뤄지지 않았다. 그러자 온갖 불길한 생각이 떠올랐다.

'비밀이 새 나가 기득권 세력에게 당한 것은 아닐까? 기득권 세력의 훼방으로 개혁이 물거품 되는 건가?'

그때 OPK(율반의 국가정보기관) 국장이 찾아왔다.

"의장님, 급히 여쭤볼 일이 있습니다."

"뭔데?"

"지금 A 신문사에서 사모님이 여고 동창으로부터 고가의 시계와 옷을 뇌물로 받았다는 제보를 받고 기사를 준비하고 있다고 합니다."

"터무니없는 말 하지 마시오."

"하나 더 있습니다."

"또 뭐요?"

"따님이 T전자 주가 조작에 관계했다는 제보가 들어왔다고 합니다."

"쓸데없는 소리. 도대체 어떤 놈이 제보했다는 거요?"

"사실무근이라면 당장 조치하겠습니다만 확실하게 알아보는 것이 좋을 것 같습니다."

머리끝까지 화가 난 반다륜 의장이 그 자리에서 부인에게 전화를 걸었다.

"동창생에게 시계하고 옷 받은 적 있어?"

그러자 부인 리효계 여사로부터 기막힌 대답이 돌아왔다.

"손지갑 한 개는 받은 적 있어요. 그것도 동창과 함께 시장에 갔다가 행상에게 산 거예요."

반 의장은 혹시나 하는 마음에서 경호실에 지시해 의장 공관을 수색하도록 했다. 하지만 고급 시계와 옷은 발견되지 않았다. 성질이 뻗친 반 의장은 제보자 색출을 지시했다. OPK(율반 정보기관)가 추적해 보니 3단계를 거쳐 제보된 것이었다. 리 여사 동창의 남편이 직장 상사에게 "집사람이 리효계 여사에게 선물을 할 정도로 가깝다."라고 자랑하자, 상사는 사장에게 "고급 시계와 옷을 선물한 것 같다."라고 부풀렸고, 사장은 대학 동창인 A 신문사 사장에게 "뇌물을 준 것으로 보인다."라는 추측성 발언을 했다는 것이다.

반 의장 딸의 주가 조작설도 주가를 올리기 위한 투자자들의 작전으로 밝혀졌다. 증권청에서 확인해 보니 딸이 보유한 T전자 주식은 100주에 불과했다. 그런데도 언론은 진위 여부를 애매하게 가리는 기사를 보도해 의혹을 키워 갔다. 덩달아 '카더라' 식의 유언비어가 널리 퍼져 나갔다.

충격을 받은 리효계 여사는 식사도 거른 채 드러누웠고, 딸은 직장을 그만두고 두문불출했다. 반 의장은 억울하게 비난을 받고 있는 가족들이 안쓰러워 일이 손에 잡히지 않았다. 더구나 가족의 도덕성이 실추된 상황에서 개혁을 추진할 자격이 있는지 회의감마저 들었다.

"언론이 사람 하나 죽이는 건 일도 아니군."

분을 삭이고 있는 중에 OPK가 배경을 파악해 보고했다.

「소동이 벌어진 배후에는 기득권층이 의장님을 흔들어 개혁을 무
산시키려는 음모가 숨어 있음.」

「병역 미필자인 A 신문사 박시운 사장은 자신이 개혁 태풍에 희
생당할지 모른다는 소문을 접하고 개혁을 저지할 목적으로 "리효
계 여사가 뇌물을 받은 것으로 몰아가라."는 지침을 편집국에 내
렸다 함.」

반 의장은 순간적으로 "감히 나를 겁박해?"라고 격분했다. 하지만 마
음 한구석에는 '개혁에 저항하는 기득권 세력이 또 어떤 덤터기를 씌워
공격할지 모른다.'는 불안감을 숨길 수 없었다. 답답한 나머지 비서실
장을 불러 하소연해 봤다.

"오 실장, 어떡하면 좋겠소?"

하지만 용기를 북돋아 줄 줄 알았던 비서실장이 기대와 달리 김빠지
는 소리를 했다.

"개혁의 속도를 줄이는 게 어떻겠습니까? 과속을 하려다 보니 저항

이 나타나는 것 같습니다."

최측근조차 개혁을 만류하는 것을 보고 반 의장은 사면초가의 고립감을 느꼈다. 게다가 응징 역할을 맡은 왕동청까지 무소식이니 도무지 개혁에 나설 의욕이 나지 않았다.

전직 OPK 요원들

왕동청이 증발한 이후 낙심하고 있던 전직 OPK 요원 K의 휴대폰에 문자가 떴다.

「당분간 유럽과 중동을 돌며 사업하다 들어갈게.」

왕동청이 정식으로 '응징 열차'에서 하차를 선언한 것이다. K는 오기가 생겼다.

"왕동청, 너는 굴복했지만 나는 절대 포기하지 않는다."

문득 2년 전 OPK에서 근무할 때 기득권층의 일탈에 분노해 척결 방안을 검토했다가 상부의 거부로 무산된 일이 주마등처럼 스쳐 갔다.

"그 일 때문에 진급에서 누락되고 옷까지 벗었지."

K의 내면에 잠자고 있던 기득권층을 향한 분노가 타올랐다. 다음 날 K는 OPK 선배인 L을 찾아갔다. L은 7년 전 OPK의 고질병인 지역 차별에 희생돼 퇴직했다. 그는 실직의 아픔이 가시기 전에 이혼까지 당하자 현실을 도피하려고 차이퐁으로 건너왔다. 여러 직업을 전전하다가 고급 살롱을 운영하는 7년 연상의 여자를 만나 재혼했다. 재혼한 처는 차이퐁의 훈족으로 산전수전을 겪으며 재산을 모은 여장부였다.

"형님, 저 좀 도와줘요."

"무슨 일 있어? 요즘 여행사가 바쁠 텐데."

K의 사정을 들은 L은 한참을 주저하더니 입을 열었다.

"자네도 알다시피 내가 권한이 없잖아. 집사람과 상의를 해 봐야 돼."

"형수님께 잘 말씀드려 주십시오."

다음 날 L이 부인에게 어렵사리 말을 꺼냈다. 설명을 들은 부인은 의외로 흔쾌히 응낙했다. 변변한 학력도 없이 가난이 싫어 가출한 뒤 온

갖 고생 끝에 돈을 모은 그녀도 상류층에 강한 거부감을 갖고 있었다.

"당신이 억울하게 옷을 벗은 것도 율반의 귀족들에게 당했기 때문이야. 당신의 한을 풀어 주는 의미에서 도와줄게. 그 대신 당신 친구들이 내 사업을 많이 도와줬으면 좋겠어."

L로부터 희소식을 들은 K는 조태령에게 준비를 지시했다.

"안 그래도 형님을 믿고 준비를 해 왔습니다. 이제 점 하나만 찍으면 출발할 수 있습니다."

"길일(吉日)을 택하는 일만 남았군. 행운을 비네."

K는 조태령에게 착수금을 건넸다.

훼방꾼 제거

왕동청을 협박해 '응징'에서 손을 떼게 만든 장리혼에게 율반 주재 차이풍 대사로부터 전화가 왔다.

"율반에서 전화가 갈 테니 잘 응대해 주게."

잠시 뒤 기다리던 전화가 왔다.

"장리훈 사장님이시죠?"

"그렇습니다."

"율반에 있는 강 사장이라고 합니다."

웅가일 로펌 대표가 만일에 대비해 제3자를 내세워 전화를 건 것이다.

"아, 네. 기다리고 있었습니다."

강 사장은 왕동청의 소식부터 물었다.

"그 친구는 지금 어떻게 지냅니까?"

"지금 밖에 나가 있습니다."

"무슨 일로?"

"제가 액션을 취했더니 연락이 왔습니다, 손을 털고 나가 있다고."

"그럼 계획이 무산된 겁니까?"

"원래 그 친구하고 다른 사람이 손을 잡았는데 그 친구가 나간 뒤 어떻게 되고 있는지 알아보고 있습니다."

"다른 사람이 누구죠?"

"여기에서 조그만 사업을 하고 있습니다."

"그 사람이 움직이고 있는지 알지 못한다는 말이죠?"

"움직임이 잡히지 않습니다. 하지만 제가 밖에 나가 있는 그 친구와 수시로 연락하고 있고, 애들도 풀어놨으니 조만간 소식을 듣게 될 겁니다."

"만일 그 사람이 움직인다면 어떡하시겠습니까?"

"그 사람 혼자 움직일 가능성은 낮습니다. 부탁을 받고 곁다리로 참여한 데다 자금도 없을 테니까요."

"그래도 신경 쓰입니다."

"걱정 마십시오. 조금이라도 의심이 가면 나서겠습니다."

한편, 중동에 머물고 있는 왕동청은 죄책감 때문에 괴로웠다. 눈곱만 한 재산을 지키겠다고 상관을 배신한 것도 모자라 친구 사이의 의리까지 저버렸다고 생각하니 죄책감이 해일처럼 밀려왔다. 그때 한 줄기 속죄의 길이 희미하게 떠올랐다.

'참회하는 마음에서 K의 목숨만은 지켜 줘야지.'

다음 날 K의 휴대전화에 왕동청이 보낸 문자가 떴다.

「장리흔이 너를 노린다, 응가일 부탁으로.」

K는 즉시 조태령을 불러 문자를 보여 줬다.

"모든 경우의 수에 대비하겠습니다."

"장리흔이 폭력배들을 동원하겠지?"

"그놈이 폭력배 출신이니 당연히 그럴 겁니다. 하지만 폭력배들이야 겁주고 주먹질하는 것만 잘하지 공작 기술은 뻔하지 않겠습니까."

K는 재빨리 거처를 옮기고 몸을 숨겼다. 그러나 승용차는 늘 주차하던 장소에 그대로 두었다. 며칠 뒤 늦은 밤 남자 한 명이 K의 승용차 옆으로 다가서더니 누운 자세로 재빨리 승용차 밑으로 기어들어 갔다. 이 모습이 조태령이 설치해 놓은 CCTV에 찍혔다. 날이 밝은 뒤 조태령이 원격 조정으로 승용차의 시동을 걸자 굉음과 함께 차량이 폭발했다.

폭탄 테러가 실패하자 장리흔은 2차적으로 납치를 시도했다. 이를 예상한 조태령은 지하철역에서 K와 체형이 비슷한 노숙자를 매수했다. 그러고는 K의 옷을 입혀 밤마다 K가 살던 곳의 부근을 어슬렁거리도록 시켰다. 얼마 뒤 늦은 밤 그 남자가 길을 가다 괴한들에 의해 승용차로 납치됐다.

K를 납치하는 것마저 실패하자 장리흔에게 '이러다 내가 당하는 건 아닐까?'라는 두려움이 밀려왔다. 두 차례나 테러를 모면한 K도 불안하기는 마찬가지였다. K가 불안해하는 것을 눈치챈 조태령이 중얼거렸다.

'이쯤에서 손을 써야겠군.'

다음 날 장리흔에게 낯선 전화가 걸려 왔다.

"무고한 인민을 청부 살인해서야 되겠습니까?"

"전화 잘못 거신 것 같은데요."

"폭탄을 터뜨리고 납치를 한 증거를 남기셨더군요."

"무슨 말씀을 하시는 겁니까?"

"사장님, 폭력배들의 의리를 믿습니까? 폭력배들은 두 번이나 실패하자 겁을 먹고 도망쳤습니다. 사장님 돈만 뜯긴 셈이죠."

장리흔은 말문이 막혔다.

"계속할 겁니까? 중단할 겁니까? 계속하면 죽을 때까지 감방에서 썩을 겁니다."

장리흔의 즉답이 나오지 않자 조태령이 다그쳤다.

"5초 안에 결심하지 않으면 전화를 끊겠습니다. 1초, 2초, 3초, 4초,

어떡하시겠습니까?"

장리혼이 기어들어 가는 목소리로 대답했다.

"그만두겠습니다."

"한 가지 더 약속해 주셔야겠습니다."

"말씀하시죠."

"율반 쪽에는 계획을 무산시켰다고 말해야 합니다."

"알겠습니다."

"약속을 지키지 않으면 즉각 행동에 들어갑니다. 부디 만수무강하시
기 바랍니다."

물리적 응징

응징을 실행하기 위한 집행자는 차이퐁 국적을 가진 4명의 율반족으

로 꾸려졌다. 지휘자는 조태령, 행동대원 3명은 율반에서 근로자로 일한 경험이 있는 특수부대 출신들이었다. 그중 1명은 여성이었다.

집행자 4명은 응징 대상자들의 기본정보를 숙지한 다음, 단체 관광객에 섞여 드봉(율반의 수도)으로 들어가 사흘간 예행연습을 치른 뒤 돌아왔다. 얼마 뒤 해 질 무렵 율반과 가장 거리가 가까운 차이퐁의 따룽에서 어선 한 척이 출항했다. 조태령이 율반으로 밀입국하는 율반족들을 싣고 갈 때 단골로 이용하는 어선이었다. 다음 날 새벽 3시 무사히 한적한 율반 서해안에 도착했다. 해안은 칠흑같이 어두웠다. 조태령이 그들에게 지침을 내렸다.

"율반에는 CCTV가 50만 대 이상 빽빽하게 설치돼 있다. 때문에 우리들 발자취가 드러나기 쉽다. 우리가 살려면 율반 경찰이 CCTV 영상을 분석해서 추적하기 전에 서둘러 율반을 빠져나가는 길밖에 없다. 완벽히 위장을 하고 임무를 완수한 뒤 오늘 자정까지 집결지에 도착해야 한다."

집행자 4명은 기다리고 있던 안내원이 운전하는 9인용 승합차에 타고 아침 6시쯤 드봉(율반의 수도) 시내로 잠입한 뒤 각자의 목적지를 향해 뿔뿔이 흩어졌다. 승합차는 전날 밤 안내원이 훔친 차였다.

그날 저녁 퇴근 시간. S 성형외과가 있는 빌딩의 지하 주차장으로 응징 대상자인 유시철 원장이 내려왔다. 유시철이 자신의 승용차에 타고 시동을 걸려고 할 때 청소부 복장을 한 50대 여성이 다가와 차창을 두드렸다. 그리고 노란색 서류봉투를 흔들며 소리쳤다.

"이게 차 옆에 떨어져 있는데요."

유시철이 운전석 창문을 내리고 여성을 쳐다봤다.

"그게 뭐죠?"

"모르겠습니다. 직접 보시지요."

여성이 봉투를 건네려 하자 유시철은 봉투를 잡으려고 왼손을 내밀었다. 그 순간 여성은 왼손에 잡고 있던 봉투를 차 안으로 들이밀어 유시철의 얼굴을 가렸다. 그러고는 오른손에 쥐고 있던 만년필 모양의 독침으로 유시철의 목을 힘껏 찔렀다. 유시철은 비명조차 지르지 못하고 머리를 뒤로 젖힌 채 숨을 헐떡였다. 그러자 여성은 유시철의 무릎 위에 노란 서류봉투를 놓아두고 창문을 닫았다. 서류봉투 안에는 '정의 사회를 기다리는 모임' 명의로 작성한 "부도덕한 특권층을 응징한다."라는 제목의 성토문(聲討文)이 들어 있었다. 성토문에는 법조계의 특권화, 고소득 전문직의 탈세, 상류층의 병역 면탈을 고발하는 내용이

빼곡하게 담겨 있었다.

또 다른 집행자 2명은 위조한 신분증과 현금을 들고 외제 고급 자동차를 렌트했다. 그리고 해가 지자 K 로펌 웅가일 대표의 집 부근으로 이동해 차 안에서 웅가일이 귀가할 때를 기다렸다. 웅가일의 집은 한적한 고급 주택가에 있었다. 밤 10시쯤 웅가일이 집 앞에 도착해 차에서 내렸다. 곁에는 운전기사 겸 경호원이 붙어 있었다. 그때 경찰관 복장을 한 두 남자가 다가갔다.

"웅가일 대표님이시죠? 기다리고 있었습니다."

"누구시죠?"

"상부의 지시를 받고 급히 서류를 전달하러 왔습니다."

그러면서 노란색 서류봉투를 보여 줬다.

"집에 갖다 두면 될 텐데 뭐 하러 기다렸소."

"중요한 것이니 직접 전달하라는 지시를 받았습니다."

이상한 낌새를 느낀 웅가일 대표가 소리를 질렀다.

"당신들 어디서 왔소?"

옆에 있던 경호원도 달려들 기세였다. 그 순간 경찰관 복장의 키 큰 남자가 허리춤에서 소음 권총을 뽑아 경호원의 이마에 한 발을 쐈다. 이어서 달아나는 웅가일의 등에 대고 두 발을 쐈다. 그런 뒤 엎어져 있는 웅 대표의 등 위에 서류봉투를 던지고 사라졌다. 봉투 안에는 "부도덕한 특권층을 응징한다."라는 제목의 성토문(聲討文)이 들어 있었다.

그 시각. 캄캄한 밤중에 2,000평의 대지를 가진 A 신문사 사장 박시운의 저택 위로 드론 1대가 날고 있었다. 차이퐁에서 제작된 'MOOVAC 3' 드론은 길이 30㎝, 폭 28㎝, 무게 895g의 소형으로 피사체를 자동 추적할 수 있는 기능이 있었다. 50m 상공에서 선회하던 드론은 박시운을 태운 승용차가 집 안으로 들어오자 갑자기 급강하하며 차에서 내리는 박시운과 충돌했다. 그와 동시에 드론에 달려 있던 소형 폭탄이 '꽝' 하는 소리와 함께 폭발했다.

자정 무렵 집행자 4명 전원이 집결지에 도착했다. 어선 근로자로 위장한 그들은 안내원이 운전하는 승합차에 타고 서해안으로 향했다. 새벽 2시쯤 서해안에 도착한 그들은 기다리던 어선을 타고 차이퐁으로 돌아갔다.

사이버 응징

"2박 3일 코스가 빡빡하지 않았나?"

"풍랑을 만나 고생한 것 말고는 어려운 점은 없었습니다."

"별명(別命)이 있을 때까지 푹 쉬도록 하게."

K는 조태령에게 달러가 담긴 쇼핑백을 건넸다. 물리적 응징에 성공
했지만 K는 성이 차지 않았다. 기득권 세력의 대표적인 방패인 K 로펌
을 완벽하게 손보지 않으면 개혁이 흐지부지될 공산이 크다고 봤다.

"더 센 충격을 줘야 해. 그래야 진짜로 겁을 먹게 돼."

다음 날 K는 대광(가상의 나라) 출신이지만 차이퐁 국적을 가진 전문
해커를 만났다. 20세의 젊은 해커는 흥신소를 운영하는 조태령이 단골
로 이용하는 초일류 전문가였다.

"준비는 잘되고 있지?"

"이미 공격 명령 파일까지 설치해 놨습니다."

"절대 차질이 있어선 안 돼."

"제 실력은 세계 최강입니다."

"언제라도 가능하겠지?"

"즉각 프로그램을 실행할 수 있습니다."

"좋아. 오늘 밤 자정에 실행해 줘."

K는 해커에게 달러가 담긴 쇼핑백을 건넸다. 정확히 자정이 되자 해커는 원격 제어로 '삭제 명령'을 내렸다. 이때부터 K 로펌의 자문, 계약, 소송에 관한 모든 정보를 관리하는 전산 시스템이 파괴되기 시작했다. 30분 뒤 서버의 90%가 파괴되고 전산망이 마비됐다. 율반 최대의 로펌이 대표가 피살된 데 이어 일순간에 속 빈 강정이 된 것이다.

자신감을 되찾은 최고 지도자

율반이 발칵 뒤집혔다. 이전에 보지 못한 동시다발적 테러를 두고 우파 매체는 '사회 불만세력에 의한 테러'에 초점을 맞춰 대서특필했다. 반대로 좌파 매체는 '부도덕한 기득권을 응징'한 측면을 눈에 띄게 다루었다. 이는 집행자들이 성토문을 통해 '응징'을 강조한 탓도 있었지만, 기득권층을 향한 서민층의 반감을 대변하려는 의도도 있었다. SNS에서도 응징을 옹호하는 글이 홍수를 이뤘다. 이는 다수 국민들이 응징을 타당한 행위로 받아들였기 때문으로 풀이됐다.

테러 수사가 미궁으로 빠져든 것과는 반대로 응징의 후폭풍은 예상보다 거셌다. 맨 먼저 대학생들이 '법조계 특권화, 고소득 전문직 탈세, 상류층 병역 면탈'을 3대 사회악(社會惡)으로 규정하고 즉각적이고 단호한 척결을 요구하고 나섰다. 경찰이 살수차와 최루탄으로 과잉 진압을 하자 흥분한 학생들이 화염병과 돌을 던지며 저항했다. 학생들의 가두시위는 시가지가 마비될 정도로 격렬했다.

뒤따라 시민 사회단체들이 "사회정의를 구현하라."고 요구하며 시위를 벌였다. 예비역 단체인 재향군인회 회원 10만 명도 공정한 병역의무를 촉구하는 대규모 시위를 벌였다.

뒤이어 국군 역사상 초유의 일이 일어났다. 전방에서 복무하고 있는 사병 100명이 "누구는 인삼을 먹고, 누구는 무를 먹느냐."라며 상류층의 병역 면탈에 항의하는 집단행동을 벌인 것이다. 이 장면이 SNS를 통해 퍼져 나갔다. 화들짝 놀란 국방성은 "군인의 집단행동은 군법에 금지된 행위"라며 사병들을 구속시키려 했다. 그러자 "공평한 병역의무를 요구한 것이 무슨 죄가 되느냐."라는 국민들의 항의가 빗발쳤다.

여론이 험악해지는 가운데 청년 장교 200명이 최고 통치 기구인 중앙비상위원회 청사 앞에서 시위를 벌였다.

"기득권을 개혁하지 않으려면 비상위원회는 해산하라."

언론은 장교들이 반역이라도 한 것처럼 충격적으로 보도했다. 그러나 다수 국민들은 청년 장교들의 집단행동이 불법적인 하극상으로 비쳐졌음에도 그들을 응원했다.

"기득권층이 얼마나 부도덕했으면 군인들까지 나섰을까? 반다륜 의장은 즉각 이들의 요구에 부응해야 한다."

이윽고 사회단체가 의뢰한 여론조사에서 부도덕한 기득권층을 척결해야 한다는 여론이 70%에 육박했다. 국민들 사이에 개혁 열망이 분

수처럼 솟아나는 것을 본 반다륜 의장은 때가 무르익었다고 판단했다. 곧이어 관계기관에서 준비해 놓은 개혁안을 "즉각 실행하라."고 지시했다.

〈법조계 정화(淨化)〉

「법조 비리 척결을 위한 특별법 제정」

「재판 배심원 제도 도입」

「인공지능(AI) 재판 준비단 출범」

「대법관 및 헌재 재판관 퇴임 후 율사 개업 금지」

「검찰의 수사권을 없애고 기소와 공소 유지만 전담」

「수사권을 경찰(일반 범죄), 공무원 수사처(공직 범죄), OPK(대공, 내란, 납치, 마약, 인질)로 분산」

「판사, 검사, 율사 5년 주기 직무 적정성 평가」

「율사 개업 허가 권한 법무성으로 이관」

〈**고소득 전문직 탈세 척결**〉

「전문직 정기 세무조사 및 소득세 세율 재조정」

「변칙 탈세 원천 차단」

「탈세범 처벌 수위 상향」

〈**병역 비리 척결**〉

「입영 판정검사 기준 강화」

「입영 판정검사 결과 및 판정 의료진 실명 공개」

「최근 10년간 병역 면제자 재신검 실시」

「병역 브로커 색출, 엄단」

「병역 미필자 공직 제한 및 공직 퇴출」

「병역 특례(예체능, 산업기능, 전문연구요원) 폐지」

「병역 미필자 대상 국방세(國防稅) 부과」

개혁안이 발표되자 국민들의 환호가 터져 나왔다. 그에 반해 풀이 죽은 기득권층은 몸을 도사렸다. 기득권 세력의 기를 꺾었다고 생각한 반 의장의 가슴속엔 자신감이 넘쳐났다.

"지금까지는 바람을 잡았을 뿐이고 진짜 개혁은 지금부터다. 국민들의 개혁 열망이 절정에 올라 있을 때 헌법을 개정해서라도 반드시 나라를 바로 세우겠다."

돌아온 왕동청

율반의 개혁 작업이 순조롭게 이뤄지는 가운데 왕동청이 차이퐁으로 돌아와 K에게 용서를 빌었다.

"입이 열 개라도 할 말이 없다."

"군인과 정보맨의 다른 점이 뭔 줄 아나? 군인은 명령에 살고 죽지만 정보맨은 애국심에 살고 죽어. 붙잡힌 스파이가 목숨을 버리면서까지 변절하지 않는 이유도 애국심 때문이지. 하지만 너는 명령도 애국심도 다 차 버렸어."

"내가 생각이 짧았다."

"걱정하지 마라. 중간에 그만둔 일은 비밀을 지켜 줄게. 의장님이 아시면 얼마나 섭섭해하시겠어."

"고맙다."

"그 대신 우리의 인연은 여기까지다."

III

하얀 데이지 꽃

....

멀고도 험난한 핵무장의 길

#"부자 나라를 지켜 줄 필요 없다."

율반(가상의 나라)과 대광(가상의 나라) 사이의 국지전(局地戰)이 끝나고 5개월이 지난 11월. 율반에 충격적인 소식이 전해졌다.

"우리 아리카(가상의 나라) 군대를 율반에서 철수하겠다. 동시에 율반을 보호하는 핵우산도 철거하겠다. 부자 나라를 지켜 줄 필요가 없다."

아리카의 톰슨 대통령이 폭탄선언을 한 것이다. 율반 국민들은 충격에 휩싸였다. 3만 명이 주둔하고 있는 아리카 군대와 핵우산이 떠나간 뒤 핵무기를 가진 대광이 쳐들어오면 속수무책으로 당할지 모른다는 불안감이 나라 전체를 뒤덮었다. 대광은 50년 전 동족인 율반과 내전을 치른 뒤 무력으로 맞서고 있는 사회주의 체제다.

율반의 최고 권력자인 반다륜 중앙비상위원회 의장이 안보회의를 소집했다. 그는 4개월 전 쿠데타를 일으켜 집권한 육군 대장이다.

"외상(外相), 톰슨 대통령이 왜 철군을 선언했습니까?"

"수없이 지원한 외국 전쟁에서 모조리 패배하자 남의 나라 전쟁에 더 이상 끼어들지 말라는 자국민들의 요구가 높아졌기 때문입니다. 앞으로는 군사 개입을 자제하고 고립주의로 가겠다는 신호로 보입니다."

"방위비용을 떠넘기려고 쇼를 했을 가능성은 없겠소?"

율반은 아리카군 주둔비용으로 작년에만 1조 5천억 원을 분담했다. 그러나 톰슨 대통령은 14조 원을 요구하고 있다.

"톰슨은 돈을 앞세우는 성향이긴 하지만 철군을 요구하는 여론이 워낙 거센 데다 공식적으로 철군을 선언했기 때문에 쇼를 했을 가능성은 적어 보입니다."

"우리가 자기들 허락 없이 국지전을 벌인 것 때문에 괘씸죄에 걸린 건 아닐까?"

"지금까지 그런 징후가 없었습니다."

"철군이 실현될 것 같습니까? 10년 전 쿠투 대통령도 철군을 하려다 철회했지 않습니까."

"아리카 국방수권법에 따라 율반에 있는 아리카 군인을 2만 명 이하로 감축하는 것은 법적으로 불가능합니다. 그런데도 톰슨이 철군을 발표한 것을 보면 법을 바꿔서라도 철군하려는 결심을 한 것 같습니다."

반다륜 의장은 아리카 군대가 떠난 뒤 닥쳐올 안보 공백이 걱정됐다. 무엇보다 철군에 고무된 대광이 핵무기를 앞세워 불장난을 하지 않을까 신경 쓰였다.

"대광의 핵무장이 어디까지 왔죠?"

OPK(국가정보기관) 국장이 답변했다.

"200여 개의 핵탄두를 소형화해서 아리카 본토까지 도달할 수 있는 ICBM(대륙간 탄도미사일)까지 개발했습니다. 이미 실전 배치를 완료했습니다."

"어떻게 나올 것 같습니까?"

"6개월 전 3일 전쟁이 끝난 뒤 휴전상태가 지속되고 있지만 아리카 군대가 철수한다면 틀림없이 돌변할 겁니다."

"쳐내려온단 말이오?"

"우리를 핵무기로 협박해 흡수 통일을 시도할 우려가 매우 큽니다. 그들의 지상목표가 율반 반도의 적화통일이니까요."

"그렇다고 앉아서 당할 수는 없지."

그때 국방상이 끼어들었다.

"우리 군사력만으로는 역부족입니다."

육군총장 출신인 반 의장도 알고 있는 사실이었다. 그러나 막상 국방상의 단정적인 말을 듣고 보니 허탈감을 숨길 수 없었다. 국방상의 답변이 이어졌다.

"대광의 소형 전술핵은 일반 핵무기와 달리 전투가 벌어진 곳에서 쉽게 쓸 수 있습니다. 우리 무기도 첨단화됐지만 핵무기 앞에는 종이호랑이에 지나지 않습니다. 전술핵이 권총이라면 재래식 무기는 물총입니다."

회의 참석자들에게 열패감(劣敗感)이 밀려왔다. 그동안 율반의 국방 당국은 "대광의 핵 위협에 대비해 '선제타격', '공중요격', '대량응징'의 세 갈래로 강력한 방어 시스템을 구축했다."고 자신감을 보여 왔다. 대광을 괴멸시킬 타격 수단으로 성무-V를 비롯한 최첨단 미사일을 공개적으로 과시하기도 했다.

"대광이 핵무기를 사용하면 자멸하게 될 거라고 큰소리쳤는데 난처하게 됐구먼."

이때 외상이 한술 더 뜬 발언을 했다.

"아리카는 철군뿐 아니라 대광을 핵보유국으로 인정할 것이라고 합니다. 톰슨 대통령은 벌써부터 'nuclear power'라고 불러 주고 있습니다."

'nuclear power'는 공식 용어는 아니지만 핵보유국이라는 의미를 가졌다.

"핵보유국으로 인정받으면 기고만장하겠구먼."

반 의장이 걱정하자 참석자들도 번갈아 가며 암울한 예측을 내놓았다.

"국제사회에서 대광의 발언권이 강해지고 모든 제재에서 풀려나 강국으로 발전하는 토대를 갖추게 될 겁니다."

"평화를 지키기 위해서는 대광의 비위를 맞추지 않을 수 없습니다. 대광을 달래기 위한 '평화 비용'이 엄청나게 들어갈 겁니다."

"대광이 추구해 온 통아봉율(通亞封栗, '율반을 소외시키고 아리카와 직거래한다.') 전략이 성공하게 됩니다. 우리의 미래가 아리카와 대광이 하자는 대로 끌려갈 수 있습니다."

회의장이 무겁게 내려앉았다. 그때 정적을 깨고 국방상이 울분을 터뜨렸다.

"10년 전 핵무장을 중단하지 않았다면 이 지경까지 오지 않았을 겁니다. 핵무기가 없으니 굴욕을 당해도 항변조차 못 하지 않습니까."

꿈틀대는 핵무장 열망

"아리카 군대와 핵우산이 철수한 뒤 핵무기를 가진 대광과 맞서려면 우리 스스로 핵무장을 하는 수밖에 없다."

6개월 전에 벌어진 '3일 전쟁'의 공포를 잊지 않은 율반 국민들 사이에 '핵무장 불가피론'이 들불처럼 번져 갔다. 반다륜 의장이 OPK 국장을 불러 상황을 점검했다.

"여론이 어떻게 돌아가고 있소?"

"어제부터 A 신문사가 여론조사에 들어갔습니다. 첫날 조사에선 핵무장에 찬성하는 여론이 71%가 나왔습니다."

"집회도 열립니까?"

"보수단체가 내일 잔탄 광장에서 핵무장을 촉구하는 집회를 가집니다. 20만 명이 모일 것이라고 합니다."

"집회가 드봉(율반의 수도)에서만 열리나요?"

"지방에서도 다섯 군데 예정돼 있습니다."

"절대로 사람들을 동원해선 안 됩니다."

"보수단체가 물 만난 고기처럼 스스로 나서고 있습니다."

"반대 집회는 열리지 않소?"

"진보단체의 소규모 집회가 산발적으로 열리고 있습니다."

반 의장은 아리카의 반응이 궁금했다.

"여론이 들끓고 있는데 아리카에서 가만있던가요?"

"OPA(아리카 국가정보기관) 율반 지부장이 여론을 조작하는 것처럼 의심하길래 자발적으로 일어나고 있는데 무슨 소리냐고 면박을 줬습니다."

"그랬더니?"

"여론을 가라앉히는 조치를 취해 달라고 요구했습니다."

"어떤 조치를?"

"핵무장을 하지 않는다는 정부 입장을 밝히라는 겁니다."

"뭐라고 했소?"

"우리는 원래부터 핵무장 의사가 없는데 새삼스럽게 밝힐 필요가 있겠느냐고 거부했습니다.”

　다음 날 율반 주재 아리카 대사가 반 의장을 면담했다.

　“핵무장 열기가 커지고 있는 데 대해 의견을 여쭤봐도 괜찮겠습니까?”

　“톰슨 대통령이 철군을 선언하니까 우리 국민들이 불안해진 것 같습니다.”

　“국민들이 원한다 해도 정부는 핵무장을 하지 않는다고 이해해도 되겠습니까?”

　“핵무장을 고려한 바 없습니다.”

　반 의장은 대사가 돌아간 뒤 안보보좌관과 얘기를 나눴다.

　“아리카가 걱정을 많이 하는 모양이군.”

　“핵무장 열기가 높아지니까 그런 것 같습니다.”

　“핵무장을 반대하는 이유는 뻔한 거죠?”

"핵무장 도미노 현상을 제일 걱정하고 있습니다. 한편으로는 핵무기를 가지면 저들과의 역학관계가 변하지 않을까 경계하고 있습니다."

"큰 나라만 핵무기를 가져야 한다, 이런 건가?"

"그렇습니다. 우리가 핵무장을 시도하면 강력한 제재를 가해 중단시키려고 할 겁니다."

안보보좌관은 사무실로 돌아오자마자 아리카 대사에게 전화를 걸었다.

"의장님도 충분히 이해하셨습니다."

"그렇다면 핵무장을 하지 않는다는 의사를 표시해야죠."

"의장님은 무반응이 최상의 표현이라고 믿고 있습니다."

"핵무장을 고려하지 않는 것으로 받아들여도 됩니까?"

"내가 하고 싶은 말은 '그렇다'라는 것입니다."

외교 라인의 견제

외상이 반다룐 의장에게 보고를 하러 왔다. 안보보좌관이 배석했다. 뒤이어 OPK 국장이 헐레벌떡 뛰어 들어와 배석했다. 반 의장이 뒤늦게 국장을 부른 것이다.

"의장님, 핵무장과 관련해 검토한 보고입니다."

"우리는 입장이 없는데 뭘 검토했다는 거요?"

"지금 여론이 핵무장을 원하는 쪽으로 흐르기 때문에 문제점을 짚어 볼 필요가 있는 것 같습니다."

"외무성 혼자 검토한 거요?"

"안보보좌관실의 협조를 거쳤습니다."

외상이 보고를 시작했다.

「아리카 군대와 핵우산이 철수하더라도 아리카의 인도·태평양 전략 자체가 강력한 전쟁 억제력을 발휘하고 있습니다. 때문에 핵무장을 하지 않고도 충분히 대광의 핵 위협에 대처할 수 있습니다.」

「만약 우리가 핵무장에 나설 경우, 대광은 그것을 빌미로 자기들의 핵무기가 자위 목적이라는 주장을 버리고 핵 선제공격을 할 가능성이 우려됩니다.」

「더 걱정되는 일은, 우리와 대광이 모두 핵무기를 가지게 되면 낮은 수준의 충돌조차 핵전쟁으로 비화할 위험성이 커진다는 점입니다.」

「아리카는 핵전쟁 위험성을 우려해 우리의 핵무장을 반대하고 있습니다. 우리가 핵무장을 시도한다면 아리카의 입장에선 game changer(판도를 바꾸는 중대 사건)가 될 가능성이 있습니다. 이로 인해 아리카로부터 극심한 제재를 당할 수밖에 없습니다.」

「따라서 우리의 핵무장은 비생산적이고 위험합니다. 시도하지 않는 것이 오히려 국익에 도움이 될 것으로 판단됩니다.」

보고가 끝났다. 외상은 긴장한 탓인지 땀을 뻘뻘 흘렸다.

"의장님, 핵무장 열기가 커지지 않도록 반대 의사를 표시해 주셨으면 합니다.”

　반 의장은 외상의 보고가 아리카 입장에 치우쳐 있다고 생각하니 기분이 언짢았다.

　“극심한 제재를 당한다니? 어느 정도길래?”

　“제재를 받게 되면 안보는 한계를 드러내고 경제는 혹한기를 맞게 될 겁니다.”

　반 의장이 가만히 듣고 있자 외상이 답변을 이어 갔다.

　“우리가 핵무장을 시도하면 지리적으로 가까운 지판(가상의 나라)과 토이완(가상의 나라)도 핵무기를 갖겠다고 나설 것이 분명합니다. 때문에 전략적으로 연계될 수밖에 없는 차이퐁(가상의 나라)도 좌시하지 않을 겁니다.”

　“잘 알아들었습니다. 그런데 지금까지 아무 말도 하지 않다가 새삼스럽게 반대하면 이상한 것 아닌가요?”

　“하지만 혼란을 막기 위해 지금이라도 반대하는 게 좋을 것 같습니다.”

"지금 많은 국민들이 핵무장을 하라고 아우성인데 반대 의사를 밝히면 오히려 혼란이 더 커질 것 아니오?"

"지금 상태가 지속되면 정부와 국민 사이에 간극이 생기게 됩니다. 정국 안정을 해칠 수 있습니다."

외교를 담당하는 외상이 내치(內治) 영역까지 언급하자 반 의장은 성질이 뻗쳤다.

"그건 상황을 지켜봐야 알지 않겠소."

반 의장이 불쾌한 표정으로 반박하자 외상은 아리카의 입장을 앞세워 압박했다.

"아리카 정부도 반대 의사를 밝혀 줄 것을 강력히 요청하고 있습니다."

반 의장은 아리카를 대변하는 듯한 외상의 발언이 거슬렸다. 넌지시 안보보좌관을 쳐다보며 물었다.

"보좌관도 같은 생각입니까?"

"아리카의 요청도 있고 하니 반대 입장을 내시는 게 좋을 것 같습니다."

반다륜 의장이 지그시 눈을 감고 생각에 잠겼다. 잠시 뒤 의자에서 일어나 뒷짐을 지고 왔다 갔다 하다가 천천히 입을 열었다.

"나는 가만히 있는 것이 낫다고 생각합니다."

그러자 외상이 즉각적으로 반응했다.

"의장님, 모호성을 유지할 사안이 아닙니다. 확실한 의사를 밝히셔야 합니다."

반 의장은 자기를 가르치려 드는 외상이 못마땅했지만 꾹 참고 말을 이어 갔다.

"대놓고 반대를 하면 민심이 반발할 것이고 사회 혼란이 극심해지지 않을까요?"

반 의장이 요지부동으로 버티자 외상이 한 발짝 물러섰다.

"그렇다면 반대를 암시하는 뉘앙스라도 비치시면 어떻겠습니까?"

"마찬가지가 아닐까요? 굳이 민심을 자극할 필요는 없다고 봅니다."

반 의장이 생각을 바꾸지 않자 외상과 안보보좌관이 이구동성으로 간청했다.

"재고해 주십시오, 의장님."

그러자 반 의장의 성난 목소리가 돌아왔다.

"같은 말을 몇 번이나 되풀이해야 합니까. 일을 키우지 않고 넘어가는 것이 현명하지 않겠소?"

불타는 전의(戰意)

반 의장은 외상의 보고를 받은 뒤 기분이 상해 있었다. 아리카를 의식한 저자세가 마음에 안 들었기 때문이다. 그래서 OPK 국장을 따로 불러 울분을 털어놓았다.

"아리카 사람들이 우리 외교 라인을 단단히 구워삶은 모양이야. 핵무장은 꿈도 꾸지 말라고 겁도 준 것 같고."

OPK 국장이 맞장구를 쳤다.

"사대주의자들과 함께 일하는 것이 부끄럽습니다."

"대광이 핵무기를 가진 마당에 핵전쟁 위험성 때문에 핵무기를 가져서는 안 된다니 말이 되는 소리야?"

"대광과 3일 전쟁을 치렀습니다만, 우리와 대광이 동시에 핵을 가지면 오히려 전쟁 위험성은 줄어듭니다. 한쪽이 핵 공격을 하면 보복 핵 공격으로 다 죽는데 전쟁이 일어날 수 있겠습니까."

그 말을 듣자 반 의장의 마음속 깊이 자리 잡고 있던 아리카를 향한 불신감이 솟구쳐 올라왔다.

"자기들 이익만 챙기지 우린 안중에도 없는 것 같아."

"대광이 핵무기를 갖고 있는데도 전술핵을 철수한 것은 고사하고, 군대와 핵우산까지 철수하려고 하지 않습니까."

"그러고도 핵무장을 하지 말라니 우리 보고 죽으라는 소리 아니야? 인도·태평양 전략이니 뭐니 하면서 지켜 준다지만 믿을 수가 없어."

"대광은 핵무기로 아리카 본토까지 공격할 능력이 있습니다. 대광이 우리에게 핵무기를 사용했을 때 아리카가 본토의 피해까지 감수하면서 대광을 칠 수 있을지 의문입니다."

"더군다나 아리카 국민들은 남의 나라 전쟁에 개입하는 것을 반대하고 있잖아."

OPK 국장은 '이때다.' 하고 핵무장 욕망을 부추겼다.

"우리 안보를 그들에게 의존할 때가 아닌 것 같습니다. 핵무장을 할 수밖에 없는 상황이 만들어지고 있습니다."

반 의장도 전의(戰意)가 불타올랐다.

"맞아, 그들이 핵무장 명분을 만들어 준 거나 다름없어."

반 의장이 들뜬 모습을 보이자 OPK 국장이 적극적으로 분위기를 띄우기 시작했다.

"아리카에서 무기를 구매하는 데 해마다 10조 원을 쓰느니 핵무기를 생산하는 것이 훨씬 경제적이지 않겠습니까."

반 의장은 어느덧 핵무장 유혹에 빠져들기 시작했다. 그러나 아리카의 제재가 마음에 걸렸다.

"제재를 걱정하지 않을 수 없어."

반 의장이 약한 모습을 보이자 OPK 국장은 최면술을 거는 심리 치료사처럼 용기를 불어넣었다.

"핵무기를 가지려면 희생은 각오해야 합니다. 하지만 국민투표를 거쳐 전 국민이 똘똘 뭉치면 얼마든지 헤쳐 나갈 수 있습니다."

"그래도 나라 전체가 어려운 시간을 보내야 할 텐데."

"아리카가 제재를 한다 해도 오래 못 가고 타협적으로 나올 수밖에 없을 겁니다. 대광이 핵무기를 만들었을 때도 처음엔 잡아먹을 듯이 하다가 타협적으로 변하지 않았습니까."

"아리카가 한발 물러섰지?"

"대광이 더 이상 핵무기를 만들지 않는 대가로 제재를 풀어 주는 거래를 구상하고 있다고 합니다."

"그렇지만 우리한테까지 타협적으로 나올까?"

"우리와 대광이 함께 핵무기를 가지면 타협적으로 나올 수밖에 없습니다. 우리와 대광을 모두 적으로 만들 수는 없지 않겠습니까, 동아시아를 전부 잃게 되니까요."

그 말을 듣고도 반 의장의 걱정은 수그러들지 않았다.

"제재 때문에 어려워지면 국민들이 원망하지 않을까?"

"아닙니다. 외압을 받으면 안으로는 뭉치기 마련입니다. 대광도 아리카의 제재를 받고 있지만 강명 위원장의 지도력은 더욱 확고해지지 않았습니까."

반 의장이 생기가 살아났다.

"핵무기를 가지면 우리도 우뚝 설 수 있겠지?"

"전쟁의 위협에서 벗어나게 됩니다. 국제적으로 돈독한 위상도 확보됩니다. 국민들의 자존감도 높아집니다."

그 말을 듣자 반 의장은 율반이 어느 정도로 핵 개발 능력을 갖추고 있는지 정확히 알고 싶었다.

"핵무장은 우리에게 축복일 수 있어. 그런데 해낼 수 있을까? 중간에 포기한 적도 있었지 않소."

율반이 핵무장을 시도하지 않은 것은 아니었다. 13년 전 아리카 군대의 철수가 가시화되자 동맹에 대한 믿음을 잃은 당시 차영탁 대통령은 자구책으로 핵무장을 계획했다. 그는 핵무장의 3대 요소인 핵 원료 재처리, 중수로, 발사체 기술을 단번에 확보한다는 목표를 세웠다.

맨 먼저, 핵기술 분배를 놓고 아리카와 이견을 보이던 푸롱소(가상의 나라)에 은밀히 접근했다. 교섭 끝에 연간 20kg의 플루토늄 추출이 가능한 핵연료 재처리 기술 계약을 체결했다. 그와 동시에 해외에 있는 율반 과학자들이 속속 귀국했다. 뒤이어 쿠누디(가상의 나라)와 플루토늄 추출이 용이한 캔두(CANDU) 원자로의 도입 문제를 협의했다. 한편으로는 핵탄두 발사를 위해 나이키-허큘리스 미사일의 국산화를 추진했다.

얼마 뒤 중화학공업 육성을 내걸고 지방 도시 충운(가상의 도시)에 종합 기계공단을 세웠다. 그곳에 핵 개발 관련한 공장과 원자로 제조

시설이 들어섰다. 그리고 아리카의 감시를 피하려고 핵무장 프로젝트를 7개 기관에 분산시켜 진행했다. 3년 뒤 캔두(CANDU) 원자로인 툰춘 1호기가 착공되자 율반은 핵무장 사업을 숨기기 위해 핵확산금지조약(NPT)에 위장 서명했다.

그러나 비밀이 새 나갔다. 아리카와 유착된 어느 고위 공직자가 고자질한 것이다. 놀란 아리카는 "방위조약을 파기하고 아리카 군대를 철수하겠다.", "강력한 수출입 통제로 경제가 혹한기를 맞게 하겠다."라고 협박했다. 한편으로는 "대광의 어떠한 공격에도 보호해 줄 테니 핵무기를 가질 필요 없다."라고 달랬다. 마침내 굴복한 율반은 눈물을 머금고 핵무기 개발을 중단했다. 10년 전의 일이었다.

다음 날 OPK 국장은 율반 최고의 핵 전문가인 에너지 연구소 소장을 반 의장에게 데리고 갔다.

"핵 개발 수준이 어디까지 갔었는지 알고 싶소."

에너지 연구소장의 브리핑이 시작됐다.

"그 당시에 쿠누디(가상의 나라)와 맺은 계약이 아리카의 압력으로 파기됐는데도 불구하고 재처리와 농축 시험시설을 가지고 있었고 우라늄이든, 플루토늄이든 핵연료를 100% 확보할 수 있는 기술력을 갖고 있었습니다."

생각했던 것보다 높은 수준의 능력을 가졌었다는 말을 듣고 반 의장은 놀랐다. 반 의장의 반응을 읽은 소장은 신이 나서 브리핑을 이어 갔다.

"당시 핵무기 개발 팀은 핵심 기자재들을 유럽 암시장에서 밀반입하는 데에도 성공했고, 사거리 200㎞인 지대지 탄도탄도 개발했습니다. 당시 차영탁 대통령에게 우라늄 농축 분말인 옐로케이크(yellow cake)를 선물하기도 했습니다. 그건 핵무기 완성이 가까웠다는 시그널이었습니다."

"그 정도로 깊숙이 진행됐었나요?"

"완성 직전까지 갔다고 보시면 될 것 같습니다. 개발 책임자가 차 대통령에게 88% 진척됐다고 보고했으니까요."

"나머지 기술은 어떻게 됐나요?"

"마지막 단계의 기술이 12% 부족했습니다."

"우리 능력으로는 불가능한 기술이었습니까?"

"좀 더 시간이 필요했습니다. 그런데 그때 아리카가 눈치를 챘고 개발은 중단됐습니다."

반 의장은 가장 궁금한 내용을 물어봤다.

"그때 가졌던 능력이 지금도 유지되고 있나요?"

소장의 얼굴이 어두워졌다.

"아리카의 압력 때문에 핵 개발 재료와 장비는 모두 폐기됐습니다. 대부분의 재처리, 농축시설도 해체됐습니다. 폐기된 장치들은 핵폐기물 보관 장소에 유폐하였다가 그 시료를 IAEA(국제원자력기구)에 제출했습니다. 연구기관들도 통폐합된 뒤 유명무실해졌습니다. 외국에서 어렵게 데려온 과학자들도 일자리를 잃고 뿔뿔이 흩어졌습니다."

"남아 있는 게 없구먼."

"핵 주권을 상실한 거나 마찬가지입니다."

허탈해진 반 의장은 실낱같은 희망을 걸고 다시 물어봤다.

"핵무장을 재추진한다면 가능은 하겠소?"

"시설을 복구하고, 자재·연료·과학자를 확보하고, 핵심 기술을 개발하려면 최소한 2년은 걸릴 겁니다."

"2년 뒤에 핵무기를 만들 수 있다지만 그사이 많은 어려움이 따를 텐데 성공을 장담할 수 있겠소?"

"성패를 결정짓는 것은 외부의 제재입니다. 제재를 이겨 내면 성공할 것이고, 굴복하면 포기할 수밖에 없습니다."

반 의장의 입에서 한숨이 새 나왔다. 에너지 연구소장이 돌아간 뒤 OPK 국장이 반 의장에게 결심을 재촉하는 미끼를 던졌다.

"핵무장을 찬성하는 여론이 70%를 넘었습니다. 결단을 내리시면 의장님의 인기는 상상 이상으로 치솟게 됩니다. 민정 이양을 앞두고 큰 변수가 될 겁니다."

반 의장이 흔들렸다. 그는 8개월 뒤로 예정된 민정 이양 이후 직선제 대통령을 꿈꾸고 있었다.

병세 깊은 대광 지도자

11월 중순. 율반과 맞서고 있는 대광의 지도자 강명 최고위원장이 집무실에서 방금 올라온 자신의 건강 검진 결과지를 들여다봤다. 중증으로 앓고 있는 질환이 한두 가지가 아니다. '심혈관 질환, 고혈압, 고지혈증, 당뇨, 간 질환' 그중에서도 심혈관 질환이 가장 신경 쓰였다. 3개월 전 시술까지 받았지만 예후가 신통치 않은 것으로 나타났기 때문이다.

"할아버지와 아버지도 심혈관이 나빠 돌아가셨는데…."

유전적인 질환이라고 생각하니 불안감이 온몸을 휘감았다. 울적한 심정으로 우두커니 앉아 있는데 무남독녀 조령(18세)이 들어왔다. 어두웠던 강 위원장의 얼굴이 금세 환해졌다.

"우리 공주님, 무슨 일로 오셨대?"

"아빠가 걱정이 돼서."

"아빠는 아무 일 없는데?"

"아무래도 실력 있는 의사에게 진료를 받는 게 좋겠어."

강 위원장은 느닷없는 딸의 말을 듣고 당황스러웠지만 시치미를 뗄
수밖에 없었다.

"무슨 말을 하는 거냐?"

"다 알고 있어. 우리 대광에선 치료가 안 될 것 같아."

비밀을 들켰다고 생각한 강 위원장은 하는 수 없이 딸을 달래기로 했다.

"조령아, 우리 대광에도 훌륭한 의사들이 많이 있단다."

"하지만 아빠 병을 못 고치고 있잖아."

"의사들이 많이 노력하고 있어."

"아무래도 우리 의술로는 한계가 있는 것 같아. 아빠가 생각을 바꿔
야 해."

"아빠 생각이 어때서?"

"병을 고치려면 누구의 도움이라도 받아야 하지 않겠어?"

"물론이지."

"세계 최고의 심혈관 권위자가 율반에 있대."

강 위원장은 깜짝 놀랐다. 무력으로 맞서고 있는 율반의 의사에게 진료를 받는 것은 상상도 할 수 없는 일이었다.

"율반 의사는 안 돼, 아무리 권위자라도."

단호하게 거절하자 딸도 가만있지 않았다.

"생명이 오가는 마당에 이념이 대수야?"

딸의 불손한 언사에 화가 난 강 위원장이 소리를 질렀다.

"무슨 말버릇이냐!"

딸도 지지 않고 대들었다.

"아빠가 건강해야 위대한 과업도 이룰 수 있는 거라고!"

그러고는 문을 '쾅' 닫고 나가 버렸다. 어안이 벙벙해진 강 위원장이 화를 삭이고 있는데 부인이 들어왔다.

"여보, 조령이가 한 말을 고깝게 듣지 마세요."

"이치에 맞는 소리를 해야지."

"저는 조령이 말이 맞는 것 같아요."

"왜 이래, 당신까지."

"3년 전 수해를 당했을 때는 율반에서 보낸 의료품을 받았잖아요. 그 런데 진료는 왜 못 받겠다는 거죠? 앞뒤가 안 맞잖아요."

"그땐 전략적으로 받았지만 이거는 아니잖아. 더구나 율반과는 준전 시(準戰時) 상태야."

"전략이라고요? 당신 건강보다 중요한 전략이 어디 있어요. 당신은 나라의 지존(至尊)이에요. 준전시든 뭐든 당신 건강을 위해선 무슨 일이든 해야 한다고요."

그러나 강 위원장은 받아들일 수 없었다. 율반 의사에게 진료를 받게 되면 대광의 의료 수준이 율반보다 뒤떨어졌음을 인정하는 꼴이 되기 때문이었다. 게다가 자본주의에 물든 나약한 지도자라는 비난도 듣기 싫었다.

"그 말은 그만합시다."

서둘러 대화를 끝내려 했지만 부인은 물러서지 않았다.

"엎질러진 물이에요. 조령이가 율반에 연락을 해 놨대요."

"뭐? 지가 무슨 재주로 연락을 해?"

"차이퐁에 나가 있는 란희의 도움을 받았대요."

차이퐁은 대광과 인접한 나라이고, 란희는 강 위원장 여동생의 딸이다. 강 위원장은 머리끝까지 화가 치밀었다.

"당장 취소하라고 그래!"

그러자 청천벽력 같은 부인의 대답이 돌아왔다.

"벌써 율반 의사가 반잔(차이퐁의 수도)에 들어와 있어요. 오후에 이리로 들어올 겁니다."

기겁을 한 강 위원장이 고함을 질렀다.

"의사가 와도 진료 안 받겠어!"

"당신을 위해서 한 일이에요. 눈 딱 감고 넘어가 주세요."

그 시각, 차이퐁의 반잔 국제공항 대합실에서 세계 최고의 심혈관 권위자인 율반의대 최장규 박사가 대광으로 들어가려고 기다리고 있었다. 옆에는 강명 위원장의 조카 주란희가 앉아있다.

"박사님, 제가 전화 드렸을 때 놀라셨죠?"

"약간….."

"지도자 동지께서 학수고대하고 계십니다."

"어려운 결정을 했습니다. 얼마 전에 전쟁을 했기 때문에 불안하기도 하고."

"전혀 걱정하지 마십시오. 지도자 동지께서 얼마나 고마워하시는데요."

최 박사가 대광을 가려는 것은 일주일 전 걸려온 전화 때문이었다.

"최장규 박사님이시죠?"

"예."

"저는 대광의 지도자 강명 위원장 동지의 조카입니다."

"예?"

"결례를 무릅쓰고 용건을 말씀드려도 되겠습니까?"

"강명 위원장의 조카라고요?"

"그렇습니다. 지도자 동지께서 박사님의 진료를 받고 싶어 하십니다."

"……."

"박사님, 제발 도와주십시오."

"어렵지 않겠습니까. 여기는 율반인데."

"위원장 동지께서는 심혈관 질환을 앓고 계십니다. 선처를 부탁드리
겠습니다."

"대광으로 가려면 허가를 받아야 하고 쉽지 않은데요."

"박사님만 허락하신다면 적극 도와드리겠습니다."

다음 날 강명 위원장의 부인이 중앙안전부(대광의 국가정보기관) 부
장에게 전화를 걸었다.

"율반의대 최장규 박사를 모셔 오려고 합니다."

"예? 무슨 일이 있으십니까?"

"진료를 위해서입니다. 위원장 동지 모르게 극비로 진행해 주세요."

즉시 대광의 중앙안전부가 율반의 국가정보기관인 OPK에 '최 박사가 대광에 올 수 있도록 협조해 달라'는 전문을 보냈다. 대광과 율반은 준전시 상황임에도 정보기관끼리는 은밀하게 소통을 하고 있었다. OPK는 이미 최 교수의 신고를 받고 검토를 하고 있었다.

「최 교수를 초청한 것으로 봐서 강명 위원장의 병세가 깊은 것으로 보임.」

「대광과의 화해 무드 유지와 강명의 신상정보 획득을 위해 협조할 필요가 있음.」

그 직후 최 교수의 대광행이 승인됐다. 다음 날 대광 측은 최 교수의 요구에 따라 강 위원장의 검진 자료를 몽땅 전송했다. 대광이 최고 기밀인 강 위원장의 건강 상태를 노출시킨 것은 엄청난 파격이었다. 그만큼 최 교수의 진료를 간절히 바라고 있다는 반증이었다.

대광 지도자의 인간적 토로

최장규 박사가 강명 위원장의 진료를 마쳤다. 강 위원장이 초조한 얼굴로 최 박사를 바라봤다.

"어떻습니까? 박사님. 검사가 더 필요할까요?"

"검사는 충분히 했습니다."

"치료가 부족하단 말인가요?"

"아닙니다. 치료도 잘되고 있는 것 같습니다."

"그런데 왜 회복이 늦어지고 있죠?"

"원래 심혈관 질환은 치료가 오래 걸립니다."

"어느 정도 오래 걸릴까요?"

최 박사가 잠시 뜸을 들인 뒤 입을 열었다.

"병세가 가볍지 않습니다. 심장에서부터 혈관이 70% 좁아져 있습니다. 더 나빠지면 위급해질 수 있습니다."

강 위원장의 얼굴이 흐려졌다.

"하지만 치료를 잘 받으시면 회복할 수 있습니다."

최 박사가 희망을 주는 말을 건네자 강 위원장이 공손한 말투로 머리를 숙였다.

"잘 부탁드립니다."

"심혈관 치료약을 가져왔습니다. 간 질환, 고지혈, 당뇨를 치료할 약도 함께 가져왔습니다."

"수술은 안 해도 될까요?"

"약으로 다스리다가 예후를 봐 가며 수술을 고려하는 게 좋겠습니다."

강 위원장의 얼굴이 조금 밝아졌다. 어느덧 최 박사를 의지하는 마음까지 생겨났다.

"최 박사님 말씀을 들어 보니 안심이 되는군요. 무리한 부탁입니다만 정기적으로 진료해 주실 수는 없겠습니까?"

"사정이 허락하면 그렇게 하겠습니다."

"감사합니다. 언제든지 연락이 되도록 우리 딸의 연락처를 알려 드리겠습니다."

그때까지 자세를 낮추고 있던 최 박사가 갑자기 고개를 들고 강 위원장을 똑바로 바라봤다.

"이제부터 제가 드리는 말씀을 잘 들으셔야 합니다."

"말씀하시지요."

"의학적인 소견으로 말씀드리는 것이니 양해해 주십시오. 위원장님의 조부님과 아버님도 급성 심근경색으로 돌아가신 걸로 알고 있습니다."

"맞습니다."

"때문에 위원장님도 심근경색이 일어날 확률이 높다고 할 수 있습니다."

"나도 늘 그게 걱정입니다."

"그뿐이 아닙니다. 위원장님은 키 170㎝에 몸무게가 140㎏입니다. 이는 고도비만입니다. 더욱이 간 질환, 고혈압, 고지혈증, 당뇨도 함께 앓고 있습니다. 이것들은 심혈관 질환을 악화시키는 주범입니다."

"사실 지난 4년 동안 몸무게가 40㎏나 늘어났어요."

"한마디로 말해 위원장님의 질환은 혈통과 나쁜 생활 습관의 합작품 입니다."

그 말을 듣고 강 위원장이 고개를 푹 숙였다.

"그런 말을 해 준 의사들은 없었는데 솔직한 말씀 감사합니다."

"약물 치료도 중요하지만 몸 관리와 음식물 조절을 잘하시는 것이 무 엇보다 급합니다."

"그렇게 하면 좋아질까요?"

"식사량을 반으로 줄이고 음식을 가려 드셔야 합니다. 술, 담배를 끊고 운동도 꾸준히 하셔야 합니다. 체중을 100kg 이하로 줄이지 않으면 안 됩니다. 제가 식단과 운동 프로그램을 짜 드리겠습니다."

진료가 끝나고 두 사람은 함께 저녁 식사를 했다. 강 위원장이 "특별한 날이니 한 잔만 합시다."라며 포도주를 따라 주었다. 취기가 돌자 강 위원장이 숙연한 모습으로 변했다.

"박사님, 내 인생이 시한부라는 느낌이 자꾸 듭니다."

"아니, 무슨 말씀을."

"아시다시피 우리 집안은 단명(短命)하지 않습니까. 나도 오래 살기 어렵겠죠."

"아닙니다. 의술의 도움을 받으면 극복할 수 있습니다."

"박사님이 당부하신 것들을 다 해내기도 어려울 것 같고."

"건강을 위해서라면 못 할 게 있겠습니까."

"하는 데까지 해 보겠지만 자신이 없습니다. 좋은 약이 있다고 해도 만능은 아닐 테고."

"왜 자꾸 약한 말씀을 하십니까, 위원장님."

울적해진 강 위원장이 술잔을 들고 창가로 가서 밖을 바라봤다. 관저 정원에 심어 놓은 오동나무의 잎사귀가 다 떨어지고 앙상한 가지만 바람에 흔들리고 있었다. 강 위원장의 눈가가 촉촉해졌다.

"생명이 언제 끝날지 모른다고 생각하니 세상이 달라져 보입니다. 율반과는 전쟁도 했지만 그쪽 정부도 바뀌었으니 좀 더 넓은 시야에서 바라보고 싶어요."

강 위원장이 최 박사를 향해 천천히 돌아섰다.

"박사님을 생명의 은인으로 생각하고 솔직한 대화를 하고 싶군요."

"저로선 영광입니다."

"율반의 가장 큰 걱정거리가 뭐죠?"

"죄송합니다. 생각해 본 적이 없어서요."

"맞혀 볼까요? 우리 대광의 핵무기 아닙니까?"

"율반 국민들이 공포심을 느끼는 것은 사실입니다."

강 위원장이 포도주를 쭉 들이켜더니 진지한 눈빛을 하며 말을 이어 갔다.

"핵무기 한 개 만드는 데 천문학적인 비용이 들어갑니다. 그런데 우리는 2년 안에 핵무기 300개를 가지려고 합니다. 고작 율반을 치려고 그 많은 비용과 기술을 들이겠습니까?"

"그럼 뭐 하러 핵무기를 만들었습니까?"

"아리카가 우리 체제를 말살하려고 해서 자위 수단으로 만든 겁니다. 그들은 걸핏하면 우리를 악의 무리라고 욕하면서 체제를 무너뜨리겠다고 협박하지 않습니까."

"자위 수단이라고 해도 핵무기는 국제적으로 용인(容認)이 안 되지 않습니까?"

그러자 강 위원장이 분노에 찬 말을 쏟아 냈다.

"똑같은 핵무기가 힘 있는 나라에 있으면 천사가 되고, 작은 나라에 있으면 악마가 된답니까? 핵무기를 가지느냐 마느냐를 결정하는 주체는 힘 있는 나라가 아니라 모든 나라의 주권입니다."

강 위원장의 말이 워낙 울림이 컸던지 한동안 정적이 흘렀다. 잠시 뒤 어색함을 덮으려는 듯 두 사람의 포도주잔이 다시 비워졌다. 문득 최 박사는 이런 기회에 하고 싶은 말을 다 해야 한다는 생각이 들었다.

"하지만 율반 사람들이 대광의 핵무기를 겁내고 있는 것은 사실 아닙니까."

"우리 핵무기는 아리카를 향하고 있지 동족인 율반을 향하고 있지 않습니다. 아무리 어려운 상황이 와도 동족에게 핵무기를 쓰는 일은 없을 겁니다."

그러자 최 박사가 당돌하게 이의를 제기했다.

"그 말씀을 곧이들을 율반 사람은 아무도 없을 겁니다."

강 위원장의 얼굴이 굳어졌다. 포도주를 단숨에 들이켜더니 성난 목소리로 외쳤다.

"그렇게 못 믿겠다면 율반도 핵무기를 가지면 되지 않소."

깜짝 놀란 최 박사가 되물었다.

"율반이 핵무기를 가져서 대광에 좋을 게 있을까요?"

"우리도 가졌는데 율반이 못 가질 이유가 있겠습니까. 동족이 핵무장을 한다면 기뻐할 일이지요."

"진심이십니까?"

"율반 정부에 전해도 좋습니다."

"그래도 되겠습니까?"

"물론입니다."

뜻밖의 변수

반다륜 의장은 국민들의 뜨거운 열망에도 불구하고 선뜻 핵무장에 나설 용기가 나지 않았다.

'아무리 핵무장이 절실해도 아리카가 반대하는 이상 공염불(空念佛)에 지나지 않는다. 분통이 터지지만 눈물을 머금고 포기하는 것이 맞는 것 같다.'

그런데 갑자기 변수가 생겼다. 이틀 전 대광으로 들어가 강명 위원장을 진료한 뒤 돌아온 최장규 박사가 의미심장한 얘기를 전한 것이다.

"최 박사님, 방금 전한 말이 사실인가요?"

"강명 위원장이 한 말을 들은 대로 전해 드렸습니다."

반다륜 의장은 OPK(율반의 국가정보기관) 국장으로부터 미리 보고를 받긴 했지만 막상 메신저에게 직접 들어 보니 황당한 느낌을 지울 수 없었다.

"우리는 민주주의를 하고, 저쪽은 사회주의를 하면서 맞서고 있는데 이치에 맞다고 생각합니까? 더구나 전쟁이 끝난 지 얼마 되지도 않았습니다."

"홧김에 한 말이라고 보기엔 강 위원장의 표정이 무척 진지해 보였습니다."

"진지했다고요?"

"강 위원장은 해탈한 모습이었습니다, 죽음을 앞에 둔 사람처럼."

반 의장은 강 위원장의 병세가 무겁다는 것을 보고받아 알고 있었지만 모른 척하고 물어봤다.

"그 사람 건강이 안 좋은가요?"

"예, 자세한 내용을 관계자들에게 설명했습니다."

강명 위원장의 발언은 극비에 부쳐졌다. 최 박사가 돌아간 뒤 반다륜 의장은 OPK 국장에게 어떻게 받아들여야 할지 물어봤다.

"강 위원장은 우리와의 관계를 넓은 시야에서 바라보고 싶다고 털어놓았습니다. 그리고는 우리가 핵무장을 한다면 기뻐할 일이라고 했습니다. 더구나 그 말을 우리한테 전하라고까지 했습니다. 의도가 다분해 보입니다."

"의도가 있다고?"

"핵무장을 도와줄 테니 한번 대시해 보라는 암시를 준 거 아니겠습니까?"

그 말을 듣고 마 의장은 잠시 생각에 잠겼다.

"뭐 때문에 암시를 줬을까?"

"대광은 국제적인 핵 폐기 압력에서 벗어나려고 발버둥 쳐 왔지만 소득이 없었습니다. 때문에 돌파구를 찾으려고 백방으로 노력하지 않겠습니까."

"그렇다고 우리한테서 돌파구를 찾는단 말이오?"

"우리의 핵무장에 편승해 자기들의 핵무장을 정당화하는 방안을 생각할 수도 있지 않겠습니까."

"율반이 핵무장을 하면 대광의 핵무장도 정당해진다?"

"그렇습니다. 추론이지만 개연성이 있다고 생각합니다."

"어려운 공식이지만 일리는 있구먼."

반 의장이 고개를 끄덕이자 OPK 국장은 불쑥 강명 위원장의 동족애를 거론했다.

"강 위원장이 저렇게 나오는 데는 동족애가 크게 작용했다고 봅니다."

"어째서?"

"죽을 때가 되면 선행을 베풀려는 본능이 살아난다고 하지 않습니까. 병세가 깊은 강 위원장도 생을 마감하기 전에 동족에게 선물을 남기고 싶지 않겠습니까."

"아전인수 격으로 해석하는 것 아니오?"

"아닙니다. 강 위원장은 생명이 언제 끝날지 모른다고 생각하니 세상이 달라져 보인다고 했습니다. 죽음을 앞두고 심경의 변화가 일어나지 않고선 할 수 없는 말 아니겠습니까."

"그렇다고 칩시다. 어떤 선물을 줄 것 같소?"

"강 위원장은 우리 핵무장과 관련해 틈을 보여 줬습니다. 틈을 비집고 적극적으로 대시하면 길이 열릴지 모릅니다. 그게 선물이라고 생각합니다."

"그러나 아리카 군대가 철수하려는 마당에 우리 핵무장을 호의적으로 언급한다는 게 이상하지 않소?"

"물론 복선이 깔렸을 가능성도 배제할 수 없습니다만"

그때 반 의장이 국장의 말을 끊었다.

"지금 한가하게 분석이나 할 때가 아니야. 저쪽의 생각을 직접 들어 보는 게 좋겠어. 국장이 다녀오면 어떻겠소?"

"안전부장을 만나 보겠습니다. 그런데 저쪽 속내를 타진하는 것도 좋지만 우리도 카드를 준비해야 할 것 같습니다."

"좋은 생각이라도 있소?"

"대광을 움직이고 아리카의 허를 찌르려면 파격적인 시도를 하지 않으면 안 될 것 같습니다."

백동도(白洞島) 비밀 회동

11월 하순. 율반의 서해 최북단에서 2㎞ 떨어진 대광의 외딴섬 백동도(白洞島) 기슭에 소형 잠수정이 떠올랐다. 사상범 수용소가 있는 백동도는 일반인들이 살지 않는다. 잠수정에서 보트로 바꿔 타고 땅으로 올라온 남자 2명은 지프를 타고 인근의 군부대 막사로 향했다.

"오시느라 고생하셨습니다, 국장 선생."

"잠수정까지 보내 주시고 감사합니다."

두 사람은 그동안 율반과 대광 사이의 중립지대에 위치한 편두각(片豆閣)에서 만나 왔지만 백동도를 선택한 것은 아리카의 눈을 피하기 위한 고육지책이었다.

"앞으로도 긴밀한 연락을 하실 때는 친애하는 영애 동지를 통해 주십시오. 위원장 동지께서 허락하셨습니다."

OPK 국장의 백동도 밀행은 율반의대 최장규 박사가 강 위원장의 딸 조령에게 연락을 취해 이뤄진 것이었다. 얼마 전 최 박사가 강 위원장을 진료하려고 대광에 들어갔을 때 강 위원장은 만일에 대비해 딸의 연락처를 알려 줬다. 국장과 안전부장은 수행원을 물리치고 단둘이 대화를 시작했다.

"강 위원장님께서 우리 핵무장에 대해 호의적으로 말씀하신 것으로 전해 들었습니다. 알고 계십니까?"

"그런 말씀을 하신 것으로 알고 있습니다."

"솔직히 당황스럽습니다."

"복선이 깔려 있지 않을까 의심하는 겁니까?"

"그렇습니다. 진의를 알고 싶습니다."

"귀측 의사에게 위원장 동지의 생명을 의탁하고 있는 마당에 무엇을 숨기고, 속이고 하겠습니까."

"그렇다면 무슨 이유로 그런 말씀을 하신 거죠?"

"위원장 동지께서는 같은 민족끼리 함께 강국으로 발전하는 것을 필생의 소원으로 여기고 계십니다. 율반도 핵무장을 하면 강해지지 않겠습니까."

"동족애 때문에 그런 말씀을 하셨다는 겁니까?"

"가장 큰 이유입니다."

"위원장님 스스로 '율반은 적대적 국가다. 율반을 평정하겠다.'라고
해 놓고 동족애를 앞세우는 것은 앞뒤가 안 맞는 것 아닙니까?"

"그건 대광 인민들을 단결시키기 위한 구호일 뿐입니다. 위원장 동지
께서는 진심으로 율반이 강국으로 발전하길 바라고 계십니다. 믿어 주
십시오."

그 틈을 놓치지 않고 OPK 국장이 과감하게 직진을 했다.

"그렇다면 한발 더 나가 주시면 안 되겠습니까?"

"더 나가 달라니요?"

"핵무장을 할 수 있도록 도와주십시오."

기습적인 요구를 받고 안전부장은 뜨악한 표정을 지었다.

"무슨 말씀을 하시는 겁니까?"

"우리도 핵무기를 가지고 싶습니다. 도와주십시오."

안전부장이 불쾌한 말투로 되받았다.

"그게 가능하다고 생각하십니까?"

"가능하지 않다고 생각하지 않습니다."

안전부장은 단호히 거부했다.

"별말씀을 다 하시는군요. 더 듣고 싶지 않습니다."

OPK 국장도 물러서지 않았다.

"이왕 얘기가 나왔으니 들어나 보십시오."

"실현성도 없는 일에 시간 낭비할 필요 있습니까?"

한동안 OPK 국장이 간청하고 안전부장이 거부하는 실랑이가 계속됐다. 그러다 어느 순간 정보를 캐고 싶은 정보맨의 본능이 안전부장에게서 일어났다.

"그렇다면 들어나 봅시다. 어떻게 도와달라는 겁니까?"

OPK 국장은 안전부장을 똑바로 바라봤다.

"결론부터 말씀드리겠습니다."

운을 뗀 OPK 국장이 잠시 뜸을 들이다가 입을 열었다.

"핵무기 20개를 주십시오."

안전부장은 귀를 의심했다.

"뭐라고요?"

OPK 국장은 같은 말을 되풀이했다.

"핵무기 20개를 주십시오."

핵무기 제조를 도와달라고 할 줄 알았던 안전부장은 믿기지가 않아 되물었다.

"완성된 핵무기를 달라는 겁니까?"

"그렇습니다. 완성된 핵무기 20개를 주십시오."

안전부장은 OPK 국장이 제정신이 아니라고 생각했다. 더구나 대광이 보유한 핵무기의 10%를 달라고 하니 어처구니가 없었다. 대광은 전략 핵무기 35개, 전술 핵탄두 165개를 보유하고 있었다.

"국장 선생, 말이 되는 말을 하십시오."

"제 설명을 들으시면 이해가 될 겁니다."

"듣고 싶지 않습니다."

안전부장이 자리에서 일어서자 OPK 국장도 따라서 일어섰다. 그러고는 품속에서 '스미스&웨슨 60' 소형 권총을 꺼내 자기의 이마를 겨누었다.

"얘기를 듣지 않고 가신다면 여기서 자결하겠습니다."

어이가 없어진 안전부장의 입에서 실소가 터져 나왔다.

"알고 보니 여간내기가 아니군요, 국장 선생."

"웃지 마십시오. 생사를 걸었습니다."

안전부장이 정색을 하며 국장을 노려봤다.

"장난이 너무 심한 것 아닙니까?"

"장난으로 보입니까? 나는 율반을 떠나올 때 유서까지 쓰고 왔습니다."

그러면서 이마를 겨누고 있는 권총의 방아쇠를 당기려는 시늉을 했다. 그런데도 안전부장은 눈도 깜짝하지 않았다.

"유치한 짓 그만하고 총부터 내려놓으세요."

"얘기를 들어 주신다고 약속하기 전엔 절대 내려놓을 수 없습니다."

국장이 고집을 꺾지 않자 안전부장이 소리를 질렀다.

"당신 같은 사람, 다시는 보고 싶지 않소!"

안전부장이 자리를 박차고 나오려는데 국장이 막아섰다.

"우리 관계의 파국을 원하십니까?"

도발적인 질문을 받자 안전부장이 발끈했다.

"파국을 원하는 것은 귀하 아닙니까? 안 그러고서야 어떻게 말도 안
되는 요구를 할 수 있습니까."

국장도 밀리지 않았다.

"귀하도 마찬가지 아닙니까? 파국을 원치 않는다면서 어떻게 파트너
의 얘기를 무 자르듯 자를 수 있습니까."

"어처구니없는 요구를 하니까 그러는 것 아닙니까."

"얘기를 들어 보지도 않고 함부로 예단하면 되겠습니까."

"들어 보나 마나 뻔한 얘기 아닙니까."

"뻔한 얘기가 아닙니다. 5분만 들으면 이해가 될 겁니다."

안전부장은 대꾸도 하기 싫었다. 침묵하는 사이에도 OPK 국장의 간청이 이어졌다.

"귓등으로 흘려서도 좋습니다. 한번 들어나 주십시오."

국장이 계속 매달리자 안전부장은 피곤해지기 시작했다. 그때 백동도로 출발하기 전 강명 위원장이 당부하던 말이 머릿속을 스쳐 갔다.

'가급적 우리 얘기는 적게 하고, 저쪽 말을 많이 들어야 합니다.'

안전부장의 마음이 흔들렸다.

'하고 싶은 말을 다 하도록 내버려두자. 듣고 나서 거부하면 그만 아닌가.'

마침내 안전부장이 양보했다.

"참 끈질기십니다. 얘기를 들어 주면 되는 거죠?"

두 사람이 마주 보고 앉았다.

"왜 핵무기를 달라는 겁니까?"

OPK 국장이 깍지를 낀 두 손을 테이블 위에 올려놓고 설명하기 시작했다.

"우리가 핵무기를 만드는 데는 최소한 2년이 걸립니다. 하지만 아리카가 눈에 불을 켜고 있는데 2년 동안 비밀을 지키면서 해내기는 어렵습니다. 아리카의 감시를 피해 신속히 핵무장을 하려면 핵무기를 들여오는 수밖에 없습니다."

"2년이나 걸린다고요? 율반이 그 정도밖에 안 됩니까?"

안전부장이 빈정대자 OPK 국장은 자존심도 팽개치고 차분하게 설명을 이어 갔다.

"핵무기 원료로 쓰이는 고농축 우라늄은 원심 분리기를 돌려야 얻을 수 있습니다. 그러나 우리는 원심 분리기 시설이 없습니다. 시설을 만들려면 1년 이상 걸립니다."

안전부장은 율반의 정보 책임자로부터 율반의 핵 능력에 관한 생생한 정보를 직접 들어 보니 귀가 솔깃해졌다.

"또 있습니다. 우리의 원자력 발전소에서 핵무기 4천 개를 만들 수 있는 폐연료봉이 나오고 있습니다. 그런데 폐연료봉에서 핵무기 원료인 플루토늄을 뽑아내기 위해선 재처리 시설이 있어야 합니다. 그러나 우리는 재처리 시설이 없습니다. 시설을 만들려면 2년 정도 걸립니다."

안전부장은 조용히 듣고 있었다.

"또 있습니다. 고농축 우라늄이나 플루토늄을 확보하더라도 기폭장치 기술이 없으면 무용지물 아니겠습니까. 기폭장치 개발은 10년 전 핵 개발을 포기하면서 중단됐습니다."

"또 있습니까?"

"제일 중요한 얘기를 하겠습니다. 지금 우리는 핵무기 개발에 필요한 조직과 인력이 없습니다. 핵 공학자와 기술자들을 데려와 조직을 만들려면 2년 정도 걸릴 겁니다."

국장의 설명을 듣고 난 안전부장이 천천히 입을 뗐다.

"그러니까 핵무기를 만드는 데 2년이나 걸리고, 그렇게 오래 걸리면 아리카의 감시를 피하기 어려우니 빨리 핵무장할 수 있도록 핵무기를 달라, 이런 말씀입니까?"

"그렇습니다. 도와주십시오."

"그런다고 해서 감시를 피할 수 있다는 보장이 있습니까?"

"아리카는 파누미(가상의 지명) 운하의 운영권을 둘러싸고 차이퐁(가상의 나라)과 일촉즉발의 대립을 하고 있습니다. 쿠누디(가상의 나라)와는 국경 분쟁을 벌이고 있습니다. 관세 전쟁을 선포해 많은 나라들로부터 도전을 받고 있습니다. 국내에서도 불법이민 단속에 저항하는 시위가 극렬해지고 있습니다. 그 와중에 지진과 산불까지 일어나 혼란에 빠져 있습니다. 무엇보다 귀측의 핵무기에 대해 유연한 태도를 보이고 있습니다. 감시 태세가 느슨해질 수밖에 없지 않겠습니까."

그러나 안전부장은 냉정하게 거부했다.

"감시 태세가 어떠하든 핵무기를 줄 수 없습니다. 고양이에게 생선을 맡기는 것과 뭐가 다르겠습니까."

OPK 국장은 안전부장을 뚫어지게 바라봤다.

"핵무기로 우릴 때릴 거는 아니죠?"

느닷없는 질문을 받고도 안전부장은 침착하게 대답했다.

"아리카가 위협하니까 자위 수단으로 핵무기를 만들었지 동족을 공격하지는 않습니다. 경애하는 지도자 동지의 확고한 신념이십니다."

"방어용으로 만들었단 말씀이죠?"

"핵무기는 공격 수단이 될 수 없습니다. 핵무기로 공격하면 핵무기로 보복당해 공멸하게 되니까요."

안전부장이 시원시원하게 말을 받아 주자 OPK 국장의 목소리에 힘이 실렸다.

"우리가 핵무기를 가져도 마찬가집니다. 귀측을 위협하기는커녕 도리어 전쟁을 막아 주는 방패가 될 겁니다. 고양이에게 생선을 맡긴다는 비유는 맞지 않습니다."

뜻밖에도 안전부장이 고개를 끄덕였다.

"핵무기가 전쟁을 막아 준다는 것을 부정하지 않겠습니다. 모순이지만 사실이니까요."

이 틈을 타고 OPK 국장이 핵무기의 필요성을 역설했다.

"오쿠라이나(가상의 나라)가 핵무기를 반납하지 않았다면 루셔(가상의 나라)가 쳐들어올 수 있었겠습니까. 귀측도 핵무기가 없었다면 아리카에게 삼켰을지도 모르지 않습니까."

"동감입니다. 핵무기는 주권을 지켜 주는 보루입니다."

"우리는 동족입니다. 함께 핵무기를 가지면 율반 반도에 평화가 찾아오고 누구도 우리 민족을 함부로 하지 못할 겁니다. 지긋지긋한 무력 대치를 끝내고 강국으로 나아가야 하지 않겠습니까."

어느새 안전부장은 대화에 빠져들고 있었다.

"좋은 말씀입니다만 강대국들이 보고만 있을까요?"

"핵무장을 하고 나면 나라의 위상이 완전히 달라집니다. 충분히 이겨낼 수 있습니다. 귀측도 이겨 내고 있지 않습니까."

"당해 봐서 알지만 가볍게 여길 일이 아닙니다."

"우리가 핵무기를 가지면 지판(가상의 나라), 토이완(가상의 나라), 이룬(가상의 나라)도 핵무장을 시도할 겁니다. 동시다발적으로 핵무장 러시가 일어나면 제재가 제대로 이뤄지겠습니까? 귀측도 제재에서 한결 자유로워질 겁니다."

"낙관적인 안목이 부럽습니다."

안전부장이 싫지 않은 반응을 보이자 OPK 국장은 당당하게 주사위를 던졌다.

"구걸은 하지 않겠습니다. 귀측에게도 이익이 된다면 도와주십시오."

안전부장은 아무 말도 하지 않았다. 하고 싶은 말을 다 했다고 생각한 OPK 국장은 마지막 말을 덧붙였다.

"핵무장을 도와주신다면 강명 위원장님은 율반 반도에 평화를 정착시킨 민족의 구원자로 역사에 남을 것입니다."

대광의 통 큰 결단

보름 뒤인 12월 중순. OPK 국장과 안전부장이 백동도에서 다시 만났다. 안전부장의 요청에 의해서였다.

"국장 선생, 지난번에 말씀하신 문제를 솔직하게 의논하고 싶습니다."

1%의 가능성을 보고 던진 제의라서 기대를 하지 않았는데 뜻밖에도 안전부장이 희망적인 인사를 건네자 OPK 국장의 심장이 콩닥거리기 시작했다.

"요구를 들어주시는 겁니까?"

"경애하는 지도자 동지께서 통 큰 결단을 내리셨습니다."

"생각보다 빨리 답을 주신 것 같습니다."

"귀측 의견대로 속전속결로 가야하지 않겠습니까."

OPK 국장은 기뻤지만 의구심을 지울 수 없었다. 의문점을 하나씩 짚어 보기로 했다.

"아리카는 율반에서 군대와 핵우산을 철수하려고 합니다. 그런 마당에 핵무기를 주기로 했다니 뜻밖이군요."

"우리는 아리카 말을 믿지 않습니다. 톰슨이 철군을 선언한 것도 방위비를 더 뜯어내려는 위장술일지도 모릅니다."

"지나친 의구심 아닐까요?"

"아리카가 자기들 이익 챙기려고 안면을 바꾼 적이 한두 번입니까? 베티남(가상의 나라), 이포가니스탄(가상의 나라) 전쟁에서 자기들이 불리해지니까 혈맹을 버리고 도망쳤지 않습니까. 오쿠라이나(가상의 나라)에게도 끝까지 지켜 주겠다며 핵무기까지 뺏어놓고는 버리려고 하지 않습니까. 귀측에게도 갑자기 철군하겠다고 뒤통수를 치지 않았습니까."

안전부장이 아리카가 저지른 배신의 역사를 열거하자 OPK 국장은 정곡을 찔린 것처럼 움찔했다.

"하지만 귀측은 아리카 군대의 철수를 줄기차게 요구해 오지 않았습니까. 철군을 환영해야 맞지 않습니까?"

"50년 전 우리가 내전을 벌였을 때 아리카 군대가 귀측을 도우는 바람에 통일이 좌절됐습니다. 그 후로도 아리카 군대는 율반에 주둔하면서 우리에게 수없이 위협을 가했습니다. 그래서 생존 본능적으로 철군을 요구한 겁니다."

"지금은 달라졌다는 뜻입니까?"

"우리는 핵무기로 아리카 본토까지 때릴 수 있는 능력이 있습니다. 때문에 철군을 하든 말든 신경 쓸 필요가 없습니다. 더욱이 율반에 주둔한 아리카 군대는 우리 옆에 있는 차이퐁을 견제하는 역할도 하고 있습니다. 차이퐁은 우리에게 약도 되고 독도 되는 양면적인 존재입니다. 솔직히 철군이 반갑지만은 않습니다."

"아리카는 귀측이 핵무기 생산을 중단하는 대가로 핵보유를 인정하려는 것 같은데 그래도 핵무기를 주실 겁니까?"

"우리는 핵무기를 300개까지 생산한다는 목표를 정해 놓았습니다. 체제 안전을 위해선 최소한 그 정도는 필요하니까요. 핵무기 생산을 절대로 멈출 수 없습니다."

"귀측이 핵무기를 주겠다고 안심시킨 뒤에 뒤통수를 칠지 모른다는 의심을 하지 않을 수 없습니다. 그동안 전쟁도 불사하겠다는 위협을 계속해 왔지 않습니까."

"그건 아리카와 귀측이 합동작전이니 뭐니 하며 위협하니까 반사적으로 나온 방어술일 뿐입니다."

"하지만 귀측은 사회당 규약에 적화통일을 목표로 정해 두고 있지 않습니까."

"냉전 시대에 정한 목표입니다. 그렇다고 포기했다는 말씀은 드리지 않겠습니다, 우리 사회당의 정통성이 흔들릴 수 있으니까요. 하지만 분단된 지 반세기가 지난 지금은 선언적 의미에 지나지 않습니다."

"우리가 함께 핵무기를 가지면 사소한 충돌에도 핵전쟁이 일어날지 모르는데 그래도 핵무기를 주시겠습니까?"

"철천지원수 사이인 운디아(가상의 나라)와 포키스탄(가상의 나라)도 함께 핵무기를 가진 뒤로는 평화를 누리고 있습니다. 핵무기를 사용하면 다 죽는데 어떻게 핵전쟁이 일어날 수 있겠습니까."

"함께 핵무기를 갖게 되면 분단을 고착시키지 않을까요?"

"분단은 강대국들의 탐욕이 낳은 결과입니다. 분단을 고착시키는 원흉은 강대국이지 핵무기가 아닙니다."

안전부장의 열변에 눌린 OPK 국장이 전세를 뒤집으려는 듯 직선적으로 질문을 던졌다.

"우리에게 핵무기를 준 것이 드러나면 아리카가 더 심한 제재를 가할 텐데요. 그래도 핵무기를 주시겠습니까?"

"제재를 받을 만큼 받았습니다. 더 심한 제재를 받는다 해도 우리 민족이 함께 강해지는 반대급부를 얻지 않습니까."

"안보적 제재를 가할 수도 있을 텐데요?"

"우리는 핵무기로 아리카 본토를 칠 수 있는 능력이 있습니다. 그들이 우리를 공격한다면 파멸을 각오해야 합니다."

"핵무기를 가지면 우리도 제재를 받겠죠?"

"톰슨 대통령이 철군을 선언해서 핵무장 명분을 준거나 다름없습니다. 그래 놓고 제재를 한다면 설득력이 있을까요?"

핵탄두 반입 논의

탐색전을 마친 OPK 국장은 본론으로 들어갔다.

"어떤 핵무기를 주실 겁니까?"

안전부장은 수첩을 들여다보며 설명하기 시작했다.

"가볍고 작게 개발한 전술 핵탄두 20개를 보내겠습니다. 코드네임을 '동산 17형'이라고 붙였습니다."

"어느 정도 작습니까?"

"지름 40㎝, 길이 90㎝, 무게 180㎏, 작고 가볍습니다. 이동하기 간편하죠."

"위력은 어느 정도죠?"

"길이가 1m도 안 되지만 위력은 53년 전 나로시쿠(가상의 도시)에 떨어진 핵폭탄의 절반 정도 됩니다. 나로시쿠에선 14만 명이 죽었습니다. 우리 물건은 1개만 터뜨려도 일시에 7만 명을 죽일 수 있습니다."

OPK 국장의 손이 부르르 떨렸다.

"20개를 터뜨리면 140만 명을 죽이는 것 아닙니까."

"일시에 140만 명이 사라지는데 누가 율반을 치려고 하겠습니까. 핵무기를 가지면 평화가 보장될 수밖에 없습니다."

OPK 국장은 자기도 모르게 고개가 끄덕여졌다. 하지만 두 가지 의구심이 생겼다. 첫째는, 건네받는 핵탄두를 율반의 미사일에 탑재할 수 있을까 하는 의구심이었다. 둘째는, 건네받는 핵탄두가 가짜일지도 모른다는 의구심이었다.

"핵탄두를 받더라도 우리 미사일에 탑재할 수 없으면 무슨 소용이 있겠습니까."

"걱정 마십시오. 총알을 쉽게 총에 장전하는 것처럼 핵탄두도 쉽게 탑재할 수 있도록 총알 모양으로 만들었습니다. 때문에 어떤 투발(投發) 수단에도 탑재할 수 있습니다. 우리는 미사일뿐 아니라 방사포에도 탑재하고 있습니다."

"그러나 귀측의 핵탄두를 우리 미사일에 탑재하더라도 실제로 작동하려면 극도로 복잡한 통합 작업이 필요하다고 들었습니다."

"물론입니다. 우리 핵탄두의 기폭장치를 귀측 미사일의 타격 시스템에 맞추고, 목표 지점에서 안정적으로 폭발시키기 위해서는 어려운 기술이 요구됩니다만 이미 우리 과학자들이 해결책을 마련해 놨습니다."

OPK 국장은 대광 측이 치밀하게 준비하고 있음을 알게되자 비로소 핵탄두 반입이 현실로 다가오는 것을 실감했다.

"그런데 건네받는 핵탄두를 테스트할 방법이 막연하군요."

안전부장이 빙그레 웃으며 되물었다.

"가짜일까 봐 그러는 겁니까?"

"부인하지 않겠습니다."

"지도자 동지의 생명을 의탁하고 있는 마당에 뭐 때문에 가짜를 보내겠습니까. 경애하는 지도자 동지의 동족애를 폄훼하는 걱정은 말아 주십시오."

"그러나 귀측은 외국 기자들까지 모아 놓고 핵 시설을 가짜로 폭파하는 쇼를 벌인 적도 있지 않습니까."

안전부장의 얼굴이 난감한 표정으로 변했다.

"귀측의 입장을 충분히 이해합니다. 그렇다고 핵실험을 해 보일 수도 없고, 핵탄두 내부를 분해해 보일 수도 없고, 무조건 믿으라고 하면 찜찜해하실 거고."

"우리도 믿고 싶지만 난감하군요."

그때 안전부장이 묘안을 냈다.

"지도자 동지께서 반 의장님께 핵탄두를 보증하는 친서를 보내면 어떻겠습니까? 그 이상의 보증수표는 없을 겁니다."

"좋습니다. 그러나 일단 물건이 들어오면 우리 전문가들의 검증을 거치도록 하겠습니다. 괜찮으시죠?"

"물론입니다."

의심이 어느 정도 해소된 것으로 본 OPK 국장은 다른 주제로 넘어갔다.

"물건을 어떻게 옮길 겁니까?"

"우리 선발대가 현지 조사를 마친 뒤에 결정할 겁니다."

"선발대 규모는 어느 정도입니까?"

"핵탄두 전문가 3명 정도로 생각하고 있습니다. 귀측이 요청하는 즉시 출발할 수 있도록 대기시키겠습니다."

"선발대가 무슨 일을 하는 거죠?"

"핵탄두가 위치할 최적의 지점이 어딘지, 최적의 투발 수단이 무엇인지, 안전한 이동 경로는 어딘지, 안전한 이동 수단은 무엇인지를 꼼꼼하게 살펴볼 겁니다. 당연히 귀측과 협의를 거치겠지만."

"본진(本陣)은 언제 들어오죠?"

"선발대가 돌아오면 물건과 함께 바로 출발할까 합니다. 선발대까지 합류해서 다섯 명으로 구성됩니다."

"탑재하는 데 걸리는 시간은 어느 정도로 예상합니까?"

"선발대가 사전 정지작업을 해 놓기 때문에 오래 걸리지 않을 겁니다."

"대가는 받지 않는다."

대략적인 얼개가 그려졌다고 판단한 OPK 국장은 이쯤에서 비용 문제를 거론하지 않을 수 없었다.

"비용에 대해서는 어떤 생각을 가지고 있습니까?"

"물건의 이동과 탑재에는 고난도의 기술과 위험이 따릅니다. 우리 기술자들에게 응분의 대가를 지불하셔야 합니다."

"다른 비용은 어떻게 됩니까?"

OPK 국장이 핵탄두 대가를 염두에 두고 질문을 하자 안전부장이 뜻밖의 대답을 했다.

"한 푼도 받지 않습니다."

OPK 국장은 믿기지가 않아 되물었다.

"안 받는다고요?"

"안 받습니다. 위원장 동지께서 엄명을 내리셨습니다."

OPK 국장은 허를 찔린 기분이었다. 잠시 말을 잇지 못하다가 "그렇다면?" 하면서 머뭇거렸다. 그러자 안전부장이 빙그레 웃으며 말했다.

"핵탄두의 대가는 물론이고 뒷거래도 있을 수 없습니다. 과거의 악습을 끊으려는 위원장 동지의 결단이십니다."

OPK 국장은 뒤통수를 얻어맞은 것처럼 충격을 받았다.

"배려는 감사합니다만 이유를 알면 안 되겠습니까?"

안전부장이 정색을 했다.

"위원장 동지께서는 동족을 도우는 일에 대가가 있을 수 없다고 엄명을 내리셨습니다. 지도자 동지의 각별하신 동족애가 아니면 나올 수 없는 배려입니다."

OPK 국장은 믿기지 않았다. 그러나 '자기들이 얻게 될 전략적 가치가 크니까 저러겠지.'라는 생각이 들자 더 이상 토를 달고 싶지 않았다.

"감사합니다. 저희들 최종 의견을 빠른 시일 안에 알려 드리겠습니다."

두 사람은 회담을 끝낸 뒤 맥주를 마시며 가벼운 대화를 나눴다. 두 사람 모두 만족하는 표정이었다.

"국장 선생, 아리카의 견제가 심하지 않습니까?"

"당연하죠."

"하지만 율반 인민은 핵무장을 원하고 있지 않습니까."

"여론만 가지고 나라를 운영할 수는 없죠."

"우리는 핵무기를 만들 때 나무뿌리를 캐 먹는 한이 있어도 강행하겠다는 각오로 밀고 나갔습니다. 핵무기를 가지려면 필사적인 각오를 하셔야 합니다."

"참고하겠습니다."

"우리도 도울 일이 있으면 도우겠습니다."

"어떻게 도우신다는 거죠?"

"귀측의 핵무장에 가장 영향을 미치는 나라가 아리카 아닙니까. 아리카를 움직이는 것은 여론입니다. 여론에 영향을 미치는 방안을 생각해보겠습니다."

OPK 국장은 '대광이 이 정도로 우리를 도우려고 하나.'라고 생각하니 새삼 고마운 마음이 들었다.

"다시 한 번 감사드립니다."

OPK 국장이 고개를 숙이고 감사를 표시하자 안전부장이 웃음을 띠며 응대했다.

"정 그렇다면 나중에라도 보답을 하면 되지 않습니까."

그 말을 듣고 국장이 농담으로 되받았다.

"원수를 어떻게 갚으면 되죠?"

기다렸다는 듯이 안전부장의 대답이 나왔다.

"우리 제재가 풀리면 공장이라도 하나 지어 주든가요."

예상치 못한 말을 들은 국장은 당황했다.

"공장을 세워 달라고요?"

"율반엔 세계 최고의 전자회사가 있지 않습니까. 우리도 전자공장 하나 있으면 하는 게 소원입니다."

OPK 국장이 아무 말도 못 하고 있자 안전부장이 서둘러 대화를 끝냈다.

"아이고, 시간이 많이 지났군요. 이제 그만 돌아가셔야죠."

핵무장 결단

반다륜 의장은 OPK 국장의 귀환보고를 받고 무척 놀랐다.

"무슨 생각으로 핵무기를 준다고 했을까?"

"핵무기를 줘도 걱정할 필요가 없다고 판단한 것 같습니다. 어차피 핵무기는 방어용에 지나지 않으니까요."

"적화통일은 포기한 모양이군."

"불가능하다는 걸 알고 있는 것 같았습니다. 그 대신 실리를 챙기기로 한 것 같습니다."

"그래서 전자공장을 세워 달라?"

"간절히 바라는 것 같았습니다. 경제가 어렵지 않습니까."

"뭐 때문에 빙빙 돌려서 요구했을까?"

"핵무기를 전자공장과 맞바꾸려는 속내를 드러내기 싫었던 모양입니다. 일종의 자존심이라고 봐야죠."

"제재에서 벗어나 보려는 포석도 깔았겠지?"

"그렇게 보입니다. 우리까지 핵무기를 갖게 되면 자기들 제재도 한결 느슨해질 테니까요."

"결국 전략과 실리를 모두 계산한 거로군."

"그보다는 강명 위원장의 동족애가 먼저였던 것 같습니다. 안전부장은 강 위원장이 민족의 발전을 위해 결단을 내렸다고 여러 번 강조했습니다."

"그 말을 다 믿을 순 없지만 그 사람의 배려가 아니었다면 애초부터 시작이 안 됐을지도 모르지."

"어쨌든 대광도 남는 장사를 하는 겁니다. 우리 승부수가 적중한 것 같습니다."

OPK 국장의 자화자찬에도 불구하고 반 의장의 마음 한구석에는 불안감이 도사리고 있었다.

"막상 핵무기를 준다고 하니 두려운 게 사실이야."

"두려워하실 필요 없습니다. 전문가라는 사람들이 핵문제를 어렵게 설명해서 그렇지 속으로 들어가 보면 구조는 단순한 법입니다. 대담하게 나가셔야 합니다."

"그렇지만 넘어야 할 산이 많이 남아 있잖아."

반 의장이 소심한 모습을 보이자 국장이 일침을 가했다.

"이미 루비콘강을 건넜습니다. 여기서 머뭇거리시면 핵무장할 기회가 다시는 오지 않을 겁니다."

정신이 번쩍 든 반 의장이 생각을 가다듬기 시작했다.

'대광은 핵탄두 20개를 주기로 했다. 핵무장의 방식과 시간 면에서 금상첨화가 아닐 수 없다.'

'대광은 핵탄두 대가로 전자공장을 바라고 있다. 아리카 군대가 떠나면 우리가 부담해 온 연간 1조 5천억 원의 주둔 비용을 아낄 수 있으니 그 돈으로 해결할 수 있다.'

'안팎으로 어려움이 겹친 아리카는 핵무장을 견제할 힘이 빠져 있다. 절호의 기회가 아닐 수 없다.'

'핵무장 명분은 충분하다. 국민의 열망도 뜨겁다. 핵무기를 들여오면 전 국민이 똘똘 뭉쳐 난관을 헤쳐 나갈 에너지도 생길 것이다. 직선제 개헌과 정권교체도 순탄해질 것이다.'

이윽고 반다륜 의장이 결심을 내렸다.

'우선 핵무장에 유리한 상황을 만드는 데 주력한다. 그러고 나서 최적이라고 판단되는 시점에 핵무기 20개를 들여온다. 그런 뒤 자력으로 핵무기와 핵잠수함 개발에 착수한다.'

기밀 누설

OPA(아리카 국가정보기관) 율반 지부장이 불쑥 OPK 국장을 찾아왔다. 지부장은 앉자마자 포문을 열었다.

"알고 왔습니다, 백동도에 갔다 오신 것을."

국장은 비밀이 새 나갔다고 생각하니 눈앞이 캄캄했다.

"안전부장과 무슨 얘기를 나눴는지 말해 줄 수 없습니까?"

그 순간 국장의 임기응변이 번개처럼 빠르게 돌아갔다.

"아시다시피 안전부장과 나는 자주 만나는 사이 아닙니까. 급하게 만나자며 잠수정까지 보냈길래 급히 나선 겁니다."

"안전부장이 왜 부른 거죠?"

"느닷없이 스파이를 교환하자며 백동도 수용소에 갇혀 있는 우리 에이전트 3명을 잠수정에 태워 데려가라고 하더군요. 그리고 우리가 붙잡고 있는 대광 스파이 3명을 잠수정이 돌아오는 길에 보내 달라고 했습니다."

"그래서요?"

"거부했습니다. 안전부장이 원하는 간첩 중에는 여기서 암약하는 동안 아리카 군인을 죽인 놈도 있어서 귀측과 협의도 필요하고 해서."

"그런 일이라면 통상적 루트를 이용하면 되지 굳이 백동도 까지 오라고 할 필요가 있을까요? 3일 전쟁까지 치르더니 별짓을 다 하는 것 아닙니까?"

"별짓이라니요? 우리 에이전트가 백동도에 수용돼 있기 때문에 일을 쉽게 하려고 그리로 불렀다는 겁니다."

"대광이 뭐 때문에 스파이 교환을 제의했을까요?"

"며칠 뒤로 다가오는 그들의 해방 기념일에 맞춰 체제 선전에 이용하려는 게 아닐까 짐작하고 있습니다."

"우리한테 왜 사전에 알려 주지 않았죠?"

"안전부장과 한두 번 만나는 것도 아니고 경황도 없었습니다. 동맹국에 결례를 저질렀다면 미안하다는 말씀을 드리겠습니다."

"사후에라도 알려 줘야 하지 않습니까."

"안 그래도 우리 입장이 정리되면 의논하려고 했습니다."

지부장은 피식 웃더니 국장 쪽으로 바싹 다가가 낮은 목소리로 물었다.

"다른 얘기도 나눴습니까?"

"다른 얘기를 할 틈이 없었습니다. 내가 백동도에 머문 시간이 통틀어 2시간이라면 이해가 되겠습니까?"

지부장은 국장을 한참 노려보더니 "지켜보겠다."라는 말을 남기고 떠나갔다.

'내가 한 번만 갔다 온 줄 알고 있구나.'

국장은 지부장이 자세한 내용을 모르고 있다는 판단이 서자 저절로 안도의 한숨이 새어나왔다.

'그토록 보안 유지에 신경 썼건만 백동도에 간 사실이 어떻게 새 나 갔을까?'

OPK는 즉각 누설자 색출에 들어갔다. 용의자는 OPK의 3부장과 5부장으로 좁혀졌다. 3부장은 10년간 아리카 파견관으로 근무하며 OPA 측과 업무적으로 빈번히 교류해 왔다. 그 때문에 제 발로 OPA에 협조하는 '자발적 협조자'로 지목되기도 했다. 더구나 그는 국장의 백동도 밀행을 수행한 5부장과 고향이 같은 친구 사이였다. OPK는 3부장이 5부장으로부터 국장의 밀행 사실을 귀띔 받고 이를 OPA에 제보한 것으로 의심했다.

"무슨 수를 써서라도 자백을 받아 내."

국장의 엄명이 떨어졌다. 그러나 두 사람은 완강히 부인했다. OPA와 접촉한 증거도 나오지 않았다. 그러자 이틀 밤을 재우지 않고 무자비한 가혹행위까지 가해졌다. 마침내 사흘째 되는 날 기진맥진한 두 사람이 자백하기에 이르렀다.

"3부장에게 귀띔한 것은 사실입니다. 제가 국장님을 수행했지만 회담장 밖에서 대기했기 때문에 무슨 얘기가 오갔는지는 모릅니다. 3부장에게 밀행한 사실만 알려 줬습니다."

"5부장에게 밀행 사실을 전해 듣고 OPA 브라운 요원에게 흘렸습니다. 국장님과 안전부장이 무슨 말을 나눴는지는 듣지 못해 전할 수 없었습니다."

OPK 국장의 젊은 부인

OPK 국장은 첫 번째 부인과 사별한 뒤 1년 전 열두 살 아래의 가영옥과 재혼했다. 정상급 성악가인 가영옥은 빼어난 미모로 결혼 전부터 사교계에서 인기를 누렸다.

OPK 국장과 가영옥 사이에 다리를 놓은 사람은 작년까지 율반 주재 아리카군 사령관으로 근무했던 위키 육군 대장. 지금은 아리카 국방성 차관으로 있다. 독신인 위키 차관은 율반에서 근무할 때 가영옥과 스캔들을 일으킨 적도 있었다. 때문에 지금도 연락할 정도로 가까운 사이다. 가영옥은 위키에게 연락할 때마다 등록자 명의와 실제 사용자가 다른 대포 폰을 사용했다. 암시장에서 구입한 대포 폰을 OPK 국장 공관에서 함께 살고 있는 여동생에게 맡겨 놓고 필요할 때마다 돌려받아 사용했다.

그런데 그녀에겐 아픈 가족사(家族史)가 있다. 53년 전 나로시쿠(가상의 도시)에 떨어진 원자폭탄 피해자의 후손이기 때문이다. 그 당시 나로시쿠에 살고 있던 조부모는 즉사했고, 부모도 피폭 후유증으로 평생 동안 고통 속에 살았다. 그 때문에 그녀는 핵무기를 저주해 왔다.

그러다 얼마 전부터 남편이 핵무장 여론을 다루는 것을 알게 됐다. 남편이 핵무장에 앞장서는 것으로 생각한 그녀는 '핵무기를 만들려는 자와 원폭 피해자의 후손이 부부라니 운명치고는 가혹하다.'는 생각이 들었다. 번민하던 끝에 훼방이라도 놔야 직성이 풀릴 것 같았다. 그때부터 작심하고 남편이 하는 일에 관심을 기울여 왔다.

한편, 그녀는 6개월 전 외교사절 초청 파티에 갔다가 아리카 대사의 부인으로부터 "부인은 다 훌륭한데 한 가지 부족한 점이 있다."며 영어 공부를 하도록 권유받았다. 그러면서 개인교수로 줄리아를 소개받았다. 아리카군 대위 출신인 줄리아는 35세의 이혼녀. 매주 이틀씩 OPK 국장 공관으로 와서 가영옥을 가르쳤다. 줄리아는 평소에도 공관을 드나들며 국장과도 가깝게 지냈다.

그러다 사건이 벌어졌다. 12월 하순 가영옥이 지방에서 열린 음악회에 참가하는 사이 줄리아와 OPK 국장이 공관 안방에서 뒹구는 모습이 가정부에게 목격된 것이다. 가정부의 귀띔을 받은 가영옥은 복수심이 끓어올랐다. 고민한 끝에 위키 차관에게 연락했다. 다음 날 가영옥은 위키가 보낸 율반 주재 아리카 무관을 만나 정보를 건넸다. 며칠 뒤 무관으로부터 여동생을 통해 만나자는 연락이 왔다.

"위키 차관님은 부인께서 한 발짝 더 나가 주시길 원하고 있습니다."

"무슨 뜻이죠?"

"우리에게 정보를 제공한 사실을 남편에게 밝히면 어떻겠습니까?"

기겁을 한 가영옥이 단칼에 거절했다.

"절대 못 합니다."

"어차피 일어난 일입니다. 그렇다면 결실을 거두기 위해 최선의 선택을 해야 하지 않겠습니까."

"그게 어떻게 최선의 선택입니까?"

"남편이 그 사실을 아는 순간 핵무장 의지가 꺾일 수밖에 없습니다. 약점이 잡힌 국장이 크게 위축될 테니까요."

그날 저녁 OPK 국장 부부가 공관에서 저녁을 먹고 난 뒤 차를 마시던 중 부인이 조심스럽게 말을 꺼냈다.

"당신 백동도에 갔다 오셨잖아요."

국장은 소스라치게 놀랐다. 부지불식간에 부인에게 백동도에 갔다 온 얘기를 했던 기억이 떠오르자 막심한 후회가 밀려왔다. 그러나 두 번째 갔을 때는 얘기했지만 첫 번째는 말하지 않았다.

"그거 함부로 말하고 다니면 안 돼."

"벌써 말했어요."

"누구한테?"

부인은 망설이는 기색도 없이 바로 대답했다.

"위키에게 말했어요."

그 말이 끝나기 무섭게 국장은 부인의 뺨과 머리를 손바닥으로 사정없이 내려치기 시작했다. 부인은 맞으면서도 악을 쓰며 저항했다.

"아리카 놈에게 정보를 팔아먹어?"

"아리카 년과 바람피우는 당신보다는 애국자야."

국장은 바닥에 쓰러져 있는 부인을 향해 욕설을 퍼부으며 무수히 손찌검을 해 댔다. 부인이 실신하자 그제야 폭행을 멈췄다. 국장이 멍하게 서 있는데 부인이 깨어났다.

"여보, 용서하세요. 당신이 핵무장에 앞서는 것을 원치 않아요. 역사에 오점을 남기는 게 싫어요."

국장은 코와 입술에서 흐르는 피도 닦지 않은 채 눈물을 흘리며 읍소하는 부인을 보자 불쌍한 감정이 일어났다.

"위키에게 언제 연락했어?"

"당신이 백동도에 갔다 온 며칠 뒤였어요."

"뭐라고 얘기했어?"

"백동도에서 안전부장을 만난 것만 알려 줬어요. 자세한 얘기는 당신이 말 안 했잖아요."

"다른 얘기는?"

"핵무장 여론 때문에 고민하는 것 같다는 말은 했어요."

"그게 다야?"

"더 이상 말한 건 없어요."

국장은 믿을 수 없었다. 그래서 찻잔을 내려칠 듯이 겁을 주며 윽박
질렀다.

"문서도 넘겼지?"

부인이 우물쭈물하자 흥분한 국장은 안방 서랍에 넣어 둔 권총을 들
고 나와 바닥에 앉아 있는 부인의 이마를 겨눴다.

"쏘기 전에 빨리 말해."

겁에 질린 부인이 벌벌 떨며 실토했다.

"금고… 안에 있는… 서류를… 복사해서."

"몇 건이나 넘겼어?"

"목숨 걸고 맹세할게요. 딱 한 건만 넘겼어요."

넘겼다는 문건은 '핵무장 여론동향'이라는 제목의 2급 비밀문서였다. 여론을 점검한 것에 지나지 않았지만 나라의 정보를 책임지고 있는 자신의 배우자가 외국 정부에 비밀문건을 넘겼다는 말을 듣고 국장은 하늘이 무너지는 것 같았다.

"언제 넘겼어?"

"위키에게 연락한 다음 날이에요."

"어떻게 넘겼어?"

"여기 나와 있는 아리카 무관에게 줬어요."

"무관을 어떻게 알고?"

"위키에게 연락을 하니 무관을 보냈어요."

"위키에게는 어떻게 연락했어?"

"연락처를 알고 있었어요."

"위키가 시켜서 그 짓을 했나?"

"당신이 그랬잖아요. 아리카 놈들이 핵무장 여론을 막아 달라고 해서 골치 아프다고. 나는 당신이 핵무장에 관계하는 줄 알고 말리고 싶었어요. 그래서 위키에게 알려 주면 그 일을 못 하게 될 줄 알았어요."

"정보를 건넨 뒤 위키가 뭐라고 그랬어?"

"수고했다고만 했어요."

"다시 연락이 없었나?"

"없었어요."

번민하는 OPK 국장

OPK 국장은 뜬눈으로 밤을 지새웠다. '율반의 정보 책임자인 나를 아리카가 얼마나 우습게보고 있을까.'라고 생각하니 쥐구멍이라도 들어가고 싶었다. 더구나 상황을 훤히 꿰뚫은 OPA 지부장이 자기를 찾아와 거만을 떨던 모습이 떠오르자 굴욕감에 몸이 부들부들 떨렸다.

"아리카가 마누라의 기밀 유출을 약점 잡고 협조를 강요하겠지. 고삐 잡힌 소처럼 끌려 다녀야 하나?"

참담한 심정이 온몸을 파고들었다.

"비굴하게 매국노 노릇 하느니 차라리 의장님께 용서를 구하고 마누라와도 이혼하면 되지 않을까?"

하지만 털어놓을 자신이 없었다. 어렵게 일군 자신의 위상이 일순간에 추락하는 것이 두려웠기 때문이었다. 게다가 "마누라 관리도 못 하면서 무슨 나라의 정보를 책임진다고."라고 비웃는 세상의 냉소가 죽기보다 듣기 싫었다.

그렇다고 이혼을 할 수도 없었다. 부인이 앙심을 품고 기밀을 누설한 사실을 터뜨리기라도 하면 아리카와 율반 사이에 난기류가 일어날 수 있기 때문이었다. 그렇다면 남은 선택지는 하나밖에 없었다.

'자리에서 물러나면 시달릴 이유도 없어진다. 핵무장 동력이야 떨어지겠지만 내가 살기 위해선 어쩔 수 없다.'

다음 날 OPK 국장은 반다륜 의장에게 사표를 제출했다.

"건강이 따라 주지 않습니다. 수리해 주십시오."

반 의장은 느닷없는 국장의 행동이 황당하기 짝이 없었다. 업무가 과중해서 그러려니 하고 사표를 반려했다.

"큰일을 벌여 놓고 그만둔다니 제정신이오? 무리하게 일을 시키지 않을 테니 근무나 잘하시오."

자리는 지키게 됐지만 아리카에게 약점이 잡혔다고 생각하니 OPK 국장은 의욕이 나지 않았다. 어깨가 축 늘어져 국장실로 돌아오니 백동도 밀행 사실을 누설했다고 자백한 OPK 부장 두 명에 대한 징계 결재가 기다리고 있었다. 징계위원회에서 건의한 처벌 수위는 '파면 및 구속'. 하지만 두 사람이 가혹행위를 못 이겨 허위 자백했다는 것을 아는 국장은 마음이 아팠다.

"처벌은 보류하고 한직으로 보내시오."

깜짝 놀란 징계위원장이 반발했다.

"배신자를 엄벌하지 않으면 조직이 유지될 수 없습니다."

"정보기관에서는 처벌만이 능사가 아니야. 간첩을 잡아 놓고도 살려 두면서 역이용하지 않소."

그날 저녁 OPK 국장은 공관에 처박혀 앞으로 어떻게 처신해야 할지 고민을 거듭했다. 부인은 시퍼렇게 멍이 든 얼굴을 하고도 곁에서 차를 따르며 시중을 들었다.

"죄송해요, 여보. 용서해 주세요."

"용서한다고 될 일이 아니야."

"평생 참회하며 살게요. 좁은 생각이지만 당신을 위해 한 거였어요."

밤새 고민한 끝에 국장은 새벽녘에야 마음을 정리했다.

'나는 아리카의 손아귀에서 벗어날 용기가 없다. 때문에 핵무장을 막으려는 아리카에 협조하지 않을 수 없다. 하지만 핵무장을 염원하는 반다륜 의장을 배신하기도 싫다. 그렇다면 양다리를 걸칠 수밖에 없다. 핵무장에 앞장서는 척하다가 때가 되면 방향을 틀어 무산시키도록 하겠다.'

그날 오후 가영옥은 여동생을 아리카 무관에게 보내 남편의 심경을 몰래 전했다. 이를 전해 들은 아리카는 OPK 국장을 적절하게 컨트롤하면 율반이 핵무장을 추진하지 못할 것이라고 낙관했다. 이에 따라 상응한 전략이 세워졌다.

「율반 정부가 핵무장을 시도하려는 징후는 발견되지 않고 있음. 그러나 국민들의 핵무장 열망에 고무돼 있는 것은 확실함.」

「따라서 지금으로서는 율반으로 하여금 핵무장 꿈을 꾸지 못하도록 환경을 조성하는 데 집중할 필요가 있겠음.」

「그러기 위해서는 율반의 실세인 OPK 국장을 적절히 컨트롤하는 가운데, 사전 경고 차원의 경제 제재를 검토함으로써 핵무장 의지의 싹을 잘라야 할 것임.」

며칠 뒤 아리카의 유력지 화이트 폭스(가상의 신문)가 "아리카, 율반에 대한 비관세 장벽 검토"라는 제목으로 "무역 수량 제한, 수입 허가제, 각종 수입 과징금 및 외환 할당을 검토하고 있다."라고 대서특필했다. 화이트 폭스는 그 배경을 "양국 간의 안보적 마찰 때문으로 알려졌다."라고 하면서도 설명은 하지 않았다.

율반 경제계가 발칵 뒤집혔다. 아리카에 대한 무역 의존도가 30%가 넘는 율반으로선 막대한 피해가 예상되기 때문이었다. OPK 국장이 반다룬 의장에게 불려 갔다.

"기사가 사실인지 알아봤소?"

"아리카 상무장관이 애매하게 나오는 것을 보면 사실일 가능성이 높습니다."

"갑자기 왜 이러지? 백동도 일을 알아차린 건 아니겠지?"

국장은 양심이 찔렸지만 시치미를 뗄 수밖에 없었다.

"아리카가 알았다면 이 정도로 그치겠습니까. 누설됐을 리가 없습니다."

"안보적 마찰 때문에 제재를 하는 것으로 보도됐잖소. 백동도 일을 알아차린 것 같기도 하고."

반 의장이 자꾸 백동도 일이 누설된 것으로 의심하자 국장은 좌불안석이 됐다.

"눈치챘다기보다는 핵무장을 바라는 여론이 비등해지자 겁을 주려는 의도인 것 같습니다."

"그럴까? 지금 경제계는 패닉 상태야."

핵무장론 점화(點火)

새해 1월 초. OPK 국장이 개인적 친분이 있는 A 통신 편집국장과 함께 점심 식사를 했다. 자연히 핵무장에 관한 얘기가 오갔다.

"여론이 들끓고 있는데 받아들이는 겁니까?"

"민주국가에서 여론은 중요하죠."

"그렇다면 받아들여야죠. 국민이 원하지 않습니까."

"받아들이기에는 문제가 많습니다."

"어떤 문제를 말하는 겁니까."

"몰라서 묻는 것은 아니죠?"

"그럼 고심하고 있다고 이해하면 되겠습니까?"

"어떤 말도 하지 않겠습니다."

그날 오후 A 통신은 "율반 정부, 핵무장 고심"이라는 제목의 기사를 전 세계에 타전했다. "율반 정부가 핵무장을 실현하기 위해 다각도로 고심하고 있다."는 것이 기사의 요지였다. 율반 정부의 안보외교 라인이 경악했다. 안보보좌관이 급히 반 의장에게 달려갔다.

"다른 나라에 공격 빌미를 주게 되고, 비핵을 고수해 온 우리 정책에 혼선이 우려됩니다. 허위 보도에 대해 조치를 취해야겠습니다."

"어떻게 해서 그런 보도가 나오게 됐소?"

"A 통신은 기사의 출처를 밝힐 수 없다고 합니다."

"그 말은 기사를 제공한 출처가 있다는 얘기 아니오?"

"그러나 밝혀내기 어려울 것 같습니다."

"어떻게 할 작정이오?"

"즉각 부인 성명을 내고, 법적 조치를 취하겠습니다."

"아리카는 뭐라고 합니까?"

"아직까지 아무런 반응이 없습니다. 이상하게 조용한 것이 마치 폭풍 전야처럼 느껴집니다."

잠시 후 "핵무장을 전혀 고려하지 않고 있다."며 A 통신 보도를 부인 하는 외무성 성명이 나왔다. 뒤이어 외상이 방송에 출연해 재차 부인 했다. 아리카를 비롯한 우방국에도 같은 입장을 전달했다.

그러나 국민들은 외무성의 발표를 믿지 않았다. 사흘 뒤 K 방송사가 여론조사를 해 보니 정부가 핵무장을 할 것으로 보느냐는 질문에 83%가 "그렇다."라고 응답했다. 아리카의 '비관세 장벽' 경고에도 불구하고 핵무장 찬성이 76%, 반대는 14%에 불과했다. 톰슨이 철군을 선언한 직후보다 찬성 여론이 3%나 높아진 것이다. 어느새 국민들 마음속에서 '우리도 핵무기를 갖게 될 것'이라는 부푼 꿈이 피어오르고 있었다.

아리카의 압박

"율반의 핵무장 열기에 제동을 걸도록 하라."는 본국의 지시를 받은 OPA(아리카 국가정보기관) 율반 지부장이 OPK 국장을 찾아왔다. 아리카는 OPK 국장을 핵무장 시도의 핵심으로 지목하고 있었다.

"우리는 국장님을 철석같이 믿고 있습니다."

"우린 우방 아닙니까. 서로 믿고 협조해야죠."

"그런데 국장님의 행보가 실망스럽습니다."

그 순간 OPK 국장은 '이 친구가 내 약점을 쥐고 오만하게 나오는구나.'라고 생각하니 굴욕감이 치솟았다.

"뭔가 잘못 안 것 아닙니까?"

"아닙니다. A 통신 기사의 출처도 국장님 아닙니까?"

국장은 정색을 하고 부인했다.

"A 통신 편집국장과 식사를 한 것은 사실이지만 핵무장을 고심한다는 말을 한 마디도 한 적이 없습니다. 우리 정부가 핵무장을 고려하지 않는데 어떻게 그런 멘트를 할 수 있겠습니까."

"하지만 결과가 어떻습니까. 국장님이 무슨 말을 했든 그 기사 때문에 율반 전체가 핵무장을 열망하는 분위기로 변하지 않았습니까."

OPA 지부장은 마치 부하를 대하듯 OPK 국장을 닦달했다. 그런데도 부인이 기밀을 유출한 약점이 잡혀 있는 국장은 비굴하게 대응할 수밖에 없었다.

"그 기사하고 나하고는 관련이 없습니다."

지부장은 국장의 해명에도 불구하고 공세를 이어 갔다.

"각료급 회의에서도 국장님이 핵무장 반대파를 제압하는 바람에 정부 안에 반대론이 쏙 들어가지 않았습니까?"

"난상 토론 과정에서 이런저런 얘기가 오갔을 뿐입니다."

국장은 지부장의 위압적인 발언에 일일이 해명해야 하는 자신의 처지가 서글프기 짝이 없었다. 그런 국장을 향해 지부장이 최후통첩과 같은 경고를 던졌다.

"앞으로는 행보를 조절해 주셨으면 합니다. 또다시 우리를 실망시킨다면 좌시하기 어렵습니다."

OPK 국장은 참담했다. 아리카에게 약점이 잡혀 끌려다닐 생각을 하니 자기를 믿고 핵무장 과업을 맡긴 반다륜 의장에게 자결이라도 하고 싶을 정도로 죄책감을 느꼈다. 그러나 좋지 않은 일은 거기서 그치지 않았다. 다음 날 OPA(아리카 국가정보기관) 요원들과 교류가 잦은 간부가 국장실로 왔다.

"어제 절친한 OPA 요원과 한잔했는데 이상한 소리를 들었습니다."

"어떤 소릴?"

"국장님이 fade out(서서히 사라짐) 된다고 했습니다."

국장의 귀가 번쩍 열렸다.

"무슨 말이야?"

"시한부 용도라고 했습니다, 국장님이."

"시한부?"

"일이 어느 정도 진행되면 더 이상 쓸모도 없어지고, 나중에 말썽이 생길 수도 있으니까 적당한 시기에 버린다는 겁니다, 국장님을."

"일이라니?"

"무슨 일인지는 말하지 않았습니다."

국장은 감이 잡혔다. '아리카가 내 약점을 잡고 이용한 뒤 휴지처럼 버리려고 하는구나.'라는 생각이 들자 나쁜 놈에게 속아 몸도 돈도 빼

앗기고 버림받은 여자처럼 자신의 신세가 비참하게 느껴졌다.

'자업자득인가? 작은 나라의 비애인가?'

좋지 않은 일은 계속 일어났다. 다음 날 감청 업무를 담당하는 부장이 국장실로 들어와선 우물쭈물하며 서 있었다.

"보고할 게 있으면 빨리하시오."

국장이 재촉하자 부장이 조심스럽게 입을 열었다.

"전번에 내리신 지시를 이행했습니다."

"무슨 말이야? 밑도 끝도 없이."

"보고서를 두고 가겠습니다. 직접 읽어 보시는 게 좋을 것 같습니다."

국장 책상 위에는 부인 가영옥이 위키 차관과 밀어를 나눈 통화 녹취록이 놓여 있었다. 국장은 부인이 기밀 유출 사실을 털어놓은 직후 부인을 감시하기 위해 감청을 하도록 은밀히 지시해 놓았었다.

"위키, 보고 싶어. 그 일 때문에 남편에게 죽도록 맞아 불구자가 될 뻔했어. 하루빨리 지옥에서 탈출하고 싶어. 제발 도와줘요."

"조금만 기다려요. 국장이 아웃(out)되는 것은 시간문제니까. 그가 아웃되면 즉시 이리로 건너와요. 고마움을 잊지 않고 있소. 사랑해, 영옥."

술에 만취해 방심한 가영옥이 평소대로 대포폰을 쓰지 않고 본인 전화로 전화한 것이 도청된 것이다. 악재들이 한꺼번에 들이닥치자 OPK 국장의 멘탈이 한계에 이르렀다.

"굴욕을 참으면서까지 자리를 유지해 본들 파리 목숨에 지나지 않는다. 그럴 바에는 의장에게 이실직고하고 사퇴하는 것이 최선책 아닐까? 사퇴하고 나면 아리카도 나를 괴롭힐 필요가 없어진다. 더구나 아리카로부터 협박당한 것은 사실이지만 협조한 적은 없다."

OPK 국장의 실토

다음 날 OPK 국장은 반 의장을 찾아가 그간에 있었던 모든 일을 실토하며 용서를 빌었다.

"어떤 처벌이라도 달게 받겠습니다."

격분한 반 의장이 소리쳤다.

"우릴 얼마나 얕봤으면 이따위 짓을 했을까?"

일이 커질 것 같다고 느낀 국장은 불안했다.

"하지만 제가 협조한 일은 일절 없었습니다."

"그런데 왜 진작 보고하지 않고 미적거린 거요?"

"다른 이유는 없습니다. 아리카 측의 움직임을 더 지켜보고 난 뒤 보
고 드리려고 했습니다."

하지만 반 의장은 국장의 말을 믿을 수 없었다.

'전모를 털어놓았다고 하지만 자기에게 불리한 일은 숨기고 있을지
모른다.'

뒤늦게 실토한 이유도 미심쩍었다.

'아리카에게 협조하려다 사정이 틀어지자 책임을 모면하려고 털어놓았을 수도 있다. 더구나 언제 또다시 배신을 때릴지 알 수 없다.'

OPK 국장은 이미 반 의장의 눈 밖에 나 있었다. 단호한 조치를 취하려던 그때 '아리카에게 역공(逆攻)을 취하면 전화위복이 되지 않을까?'라는 역발상이 떠올랐다. 그러자 격앙된 감정을 토로하던 반 의장이 갑자기 180도 방향을 틀어 부드럽게 포용하는 모습으로 바뀌었다.

"그래도 국장이 이쯤에서 유턴했으니 얼마나 감사한 일이오. 넘어간 기밀도 그리 중요한 것은 아닌 것 같고."

"이해해 주시니 몸 둘 바를 모르겠습니다."

"어떻게 풀면 좋겠소?"

"제가 그만두면 협박당할 일도 없고 조용히 해결되지 않겠습니까."

"너무 단순한 생각 아니오?"

"무슨 낯으로 자리를 지킬 수 있겠습니까. 그만두지 않으면 저놈들이 저의 약점을 잡고 계속 괴롭힐 겁니다. 핵무장에 차질을 빚지 않겠습니까."

반 의장은 잠시 뜸을 들이더니 따뜻한 말투로 다독였다.

"걱정 말고 부인 단속이나 잘하시오, 아리카에게는 계속 당하는 척하고."

무거운 처벌을 각오하고 있던 국장이 뜻밖에도 재신임을 받자 감격해서 눈물을 글썽거렸다.

"신명을 받들어 의장님께 보은하겠습니다."

국장이 돌아간 뒤 반 의장은 군 수사기관인 특무사령부에 지시해 OPK 국장 부부의 동태를 감시하는 조치를 취했다.

아리카를 향한 역공(逆攻)

며칠 뒤 반다륜 의장이 OPK 국장을 불렀다.

"아리카에게 겁박당한 일 있었잖소."

일단락된 줄 알았던 문제를 의장이 다시 꺼내자 국장은 덜컥 겁이 났다.

"그 뒤로는 그런 일이 없었습니다."

반 의장은 국장을 빤히 쳐다봤다.

"기자회견을 열어 공개하면 어떻겠소?"

국장은 눈앞이 캄캄했다. 회견을 하게 되면 부인이 아리카에 정보를 유출한 사실, 이를 약점 잡은 아리카가 자기를 협박한 사실, 그런데도 자신이 곧바로 밝히지 않고 숨겨 온 사실을 공개해야 하는데, 그렇게 되면 국장 자리에서 잘리는 것은 고사하고 형사처벌까지 피하기 어려울 것이라는 두려움이 일어났다. 말없이 앉아 있는 그에게 반 의장이 다그쳤다.

"왜 대답이 없소?"

OPK 국장은 회견을 하고 싶지 않았다. 최소한 생각을 가다듬는 시간이라도 벌고 싶었다.

"아리카와 갈등을 겪을 수 있습니다. 좀 더 숙고한 다음에 하는 것이 좋을 것 같습니다."

그러나 반 의장은 받아들이지 않았다.

"큰 것을 얻기 위해 작은 것을 버린다고 생각하시오."

국장은 반 의장의 준엄한 명령을 회피할 엄두가 나지 않았다. 낙담한 그는 마지막 카드를 꺼냈다.

"그렇다면 회견문을 제가 작성해도 되겠습니까?"

"반드시 정직하게 작성해야 합니다. 절대로 각색하거나 가감해선 안 됩니다."

빠져나갈 구멍을 찾으려던 OPK 국장은 반 의장이 한 치의 틈도 주지 않자 자신이 용도 폐기될 것임을 직감했다. 국장이 나가려는데 의장이 불러 세웠다.

"한 가지 양해를 구할 일이 있소."

"말씀하십시오."

"국장이 회견할 때까지 부인과 처제를 안전한 곳에 격리시키겠소. 아리카 놈들이 해코지할지 몰라서 그러는 거니 모른 척해 주시오."

그 시각, 특무사령부는 반 의장의 특명을 받고 OPK 국장의 부인과 처제를 사령부 조사실로 데리고 왔다. 군복으로 갈아입힌 가영옥이 진술을 거부하자 수사관이 뺨을 두 차례 내리쳤다. 가영옥이 바닥에 나동그라지자 담요를 뒤집어씌우고 군화를 신은 발로 짓밟았다.

"발가벗기기 전에 솔직히 불어."

"내 뒤에 누가 있는 줄 알아?"

가영옥이 악을 쓰며 저항하자 수사관이 웃으며 응대했다.

"알고 있어. 귀하가 OPK 국장 사모님이라는 걸."

"그뿐인 줄 알아? 내 뒤엔 아리카가 있어."

"알고 있어. 아리카 국방차관의 스파이라는 것도."

일이 꼬였다는 것을 알아차린 가영옥이 울음을 터뜨렸다. 자기를 지

커 주는 방호벽이 무너진 이상 모든 것을 털어놓을 수밖에 없었다.

조사가 끝났다. 가영옥이 위키 차관에게 건넨 정보는 남편에게 고백한 '핵무장 여론동향 분석' 문건과 OPK 국장의 백동도 밀행 동향만이 아니었다. '방위산업 육성 계획', '해외 첩보망 현황', '아리카와의 관계 재설정 방안' 문건도 건넨 사실이 드러났다. 모두 2급 비밀문서였다.

그런데 핵무장 여론과 관련한 정보는 가영옥이 자발적으로 건넨 것이지만, 추가로 건넨 정보들은 위키가 다른 정보도 알려 달라고 해서 건넨 것이었다. 이것은 아리카가 가영옥을 스파이로 활용한 결정적인 단서였다.

한편, 겁에 질린 가영옥의 여동생은 조사실로 끌려오자 스스로 무릎을 꿇고 순순히 자백했다.

"언니는 위키 차관과 통화할 때마다 제가 보관하던 대포폰을 가져갔습니다. 통틀어 10여 차례 정도 가져갔습니다."

"문서도 전달했죠?"

"힐손 호텔 커피숍에서 아리카 무관을 네 번 만났고, 그때마다 언니가 부탁한 문서를 전달했습니다."

압수한 가영옥의 대포 폰과 휴대전화에는 가영옥과 위키가 나눈 통화 내용이 고스란히 녹음돼 있었다. 가영옥 동생이 아리카 무관에게 비밀문건을 건네는 장면도 호텔 CCTV에 담겨 있었다.

다음 날 오전 OPK 국장이 회견을 가졌다. 내외신 기자 200여 명이 북새통을 이루는 가운데 TV로 생중계됐다. 모든 언론사가 회견 내용을 대서특필했다.

「OPK 국장 부인, 핵무장 여론에 대해 OPK가 생산한 비밀문건과 OPK 국장의 백동도 밀행 사실을 아리카 국방차관에게 건네」

「위키 차관의 요구로 '방위산업 육성 방안' 등 국가기밀 3건도 추가로 건네」

「율반 주재 아리카 무관이 중간에서 심부름」

「OPA 율반 지부장, OPK 국장 부인의 기밀 유출을 약점 잡고 국장에게 핵무장하지 말라 협박」

「OPK 국장, 율반의 핵무장 시도 부인, "백동도는 스파이 교환 협의차 간 것"이라고 해명」

「협박당한 OPK 국장, 번민 끝에 전모 공개. 그러나 물증은 내놓지 못해」

OPK 국장이 증거를 내놓지 않은 것은 "증거를 확보하지 못한 것처럼 위장하라."는 반 의장의 지시 때문이었다. 예상대로 위키 국방차관은 즉각 "OPK 국장 부인에게 정보를 받은 적이 없다."는 입장문을 냈다. 율반 주재 아리카 대사관도 "거명된 무관은 무관실에 존재하지 않는다."라고 부인했다. 그러나 OPK 국장의 반박은 나오지 않았다. 그 틈을 타고 OPA 지부장이 OPK 국장에게 대화를 요청했다.

"이런 식의 갈등은 양국 이익에 부합되지 않는다. 빨리 정상화되길 희망한다."

마음이 흔들린 OPK 국장이 반 의장의 결심을 받으려고 면담을 요청했다. 회답을 기다리고 있을 때 상상도 하지 못한 일이 일어났다. 특무사령부로부터 가영옥 자매를 넘겨받은 검찰이 '국가기밀 보호에 관한 법률' 위반 혐의로 두 사람을 전격 구속한 것이다. 부인과 처제가 안전하게 보호받고 있다고 믿어 온 OPK 국장은 절망했다. 그때 특무사령부 참모장이 찾아왔다.

"증거품을 전해 드립니다. 즉각 공개하라고 의장님께서 지시하셨습니다."

'가영옥과 위키 차관 사이의 통화 녹취록', '가영옥의 여동생이 무관에게 비밀문서를 건네는 CCTV 화면', 'OPA 율반 지부장이 OPK 국장을 협박하는 발언 녹취록'이 언론을 통해 공개되자 수세에 몰린 아리카 측은 침묵을 지켰다.

다음 날 반 의장은 OPK 국장을 해임했다. 그러고는 감시하는 팀을 따라 붙였다. 그를 해임한 것은 일석이조(一石二鳥)의 효과를 노린 포석이었다. 아리카에 역이용당하는 것을 차단하는 효과도 있었지만, 율반 핵무장의 선봉장으로 지목된 장본인을 퇴출함으로써 "율반은 핵무장 의사가 없다."는 신호를 보내는 효과도 있었다.

OPK 국장 후임에는 핵무장 과업의 공백을 막기 위해 차장을 승진시켰다. 이어서 OPK 요원 5명을 차출해 핵무장 과업을 전담하는 특별 팀을 꾸리고 지침을 내렸다.

「핵무장 열기를 최고조로 끌어올려 핵무장의 유리한 기반으로 활용할 것.」

「대광과 협조하여 단계적으로 핵무장을 추진할 것.」

「아리카의 의심을 사지 않도록 협조무드를 계속 유지할 것.」

특별 팀이 출범하고 맨 처음 나온 조치는 아리카 정부에 보내는 화해 손짓이었다.

"기밀 유출은 OPK 국장 부인의 개인적 일탈행위에 불과하다. 따라서 이 문제로 아리카와의 관계가 소원해지는 것을 원치 않는다. 핵무장도 고려하지 않는다."

아리카 정부도 화답하면서 양국 사이의 냉기류는 봄눈처럼 녹는 듯 했다.

군부의 핵무장 촉구

1월 말. 시국이 안정을 되찾아 가던 중 핵무장 열기에 기름을 붓는 사건이 일어났다. 국방상이 주재한 전군 주요 지휘관 회의에서 핵무장을 촉구하는 결의문을 채택한 것이다.

「아리카군이 떠난 뒤 대광의 핵무기에 국군이 속수무책으로 희생
돼선 안 된다.」

「대광의 핵 위협에서 벗어나는 유일한 길은 핵무장이다. 이는 군
의 염원이다.」

「정부는 핵무장을 서둘러 주길 촉구한다.」

놀란 안보보좌관이 반다륜 의장에게 달려갔다.

"군의 본분을 벗어났습니다. 무겁게 다스려야 합니다."

"군법을 위반했다는 거요?"

"군복무기본법에서 금지하고 있는 정치적 행위라고 볼 수밖에 없습
니다."

그러나 반 의장은 다른 입장을 보였다.

"군사적인 의견 제시라고 볼 수도 있지 않을까?"

"명백한 군법 위반입니다. 더구나 집단행동을 했기 때문에 문제가 심 각합니다."

"어떤 문제가 있다는 거요?"

"민감한 시기에 군까지 나섰기 때문에 핵무장 열기를 부채질할 것이 걱정됩니다. 더구나 핵무장 여부는 의장님의 권한입니다. 의장님이 가 만히 계시는데 군이 이러쿵저러쿵하는 것은 항명이 아니겠습니까?"

사전에 낌새조차 몰랐던 OPA 율반 지부도 뒤늦게 부랴부랴 정보망 을 풀가동해 본국에 사후 보고를 했다.

「국방상이 불시에 주요 지휘관 회의를 소집해 핵무장 촉구 결의 를 일사천리로 이끌어 냈음. 따라서 국방상의 주도로 사전에 기획 한 것이 확실시됨.」

「국방상이 독단적으로 한 것인지, 최고 권력자인 반다륜 의장의 의중이 실린 것인지는 파악 중에 있음. 그러나 군의 핵무장 촉구 는 최고 권력자의 내락 없이는 이뤄지기 어려운 중대 사안임.」

「군부의 핵무장 촉구는 율반의 핵무장 지지자들을 크게 고무시킬 것임. 따라서 신속히 강력한 제동을 걸지 않는다면 율반의 핵무장 열풍이 극적으로 확산될 수 있음. 나아가 아리카 정부가 율반의 핵무장을 용인하는 것으로 오인될 수도 있음.」

아리카 정부는 율반 군부의 집단행동에 경악했다. 그날 밤 톰슨 대통령이 반다륜 의장에게 전화를 걸어 강경한 메시지를 던졌다.

"율반 군부의 집단행동에 유감을 표명한다. 아리카는 율반의 핵무장을 결코 용납하지 않겠다."

아리카를 의식한 반다륜 의장은 다음 날 "핵무장을 고려하지 않는다."는 대변인 성명을 발표했다. 이어서 국방상을 문책 경질하고, 주요 지휘관들을 엄중히 경고했다. 그러나 군부의 용감한 행동에 고무된 국민들의 핵무장 열망은 마음속 깊은 곳에서 타오르고 있었다.

율반 대학생 사망

이틀 뒤 캄캄한 자정 무렵. 율반대 남학생 한 명이 핵무장을 반대하는 아리카에 항의하기 위해 각목을 들고 아리카 대사관의 담장을 넘다가 경비병에게 발각됐다. 그러자 학생과 경비병 사이에 충돌이 일어나 경비병이 휘두른 M16 소총 개머리판에 머리를 맞은 학생이 쓰러졌다. 경비병은 아리카 해병대 소속 현역 하사. 병원으로 실려 간 학생은 5시간에 걸친 수술 끝에 사망했다. "주권 수호를 위한 정당한 자위권 행사"라는 대사관 측의 주장에도 불구하고 율반 국민들의 반아리카 감정이 용광로처럼 타올랐다.

그때 대광의 안전부장이 신임 OPK 국장에게 국경을 넘어 급히 밀사를 보냈다. 밀사는 비밀 메시지를 전했다.

「톰슨 정부가 귀측의 핵무장을 견제하고 있지만 내심으로는 귀측이 이스라엘처럼 핵실험을 하지 않고 신속하게 핵무장을 한다면 아리카 군대가 빠져나간 공백을 메울 수 있다는 계산을 하고 있다. 더욱이 그들은 귀측의 핵무장이 아리카의 라이벌인 차이퐁을 견제하는 효과까지 기대하고 있다.」

"과학적으로 파악한 내용입니다."

밀사가 해킹을 통해 입수한 정보임을 암시하자 OPK 국장은 입이 다물어지지 않았다.

"안전부장님께 감사하다는 말씀을 전해 주세요."

"적극적으로 밀어붙이면 승산이 있다는 게 저희 안전부의 판단입니다."

대학생이 사망한 다음 날 오후 2시. 극우단체 '보수자주연합'과 우익 청년단체 '구국동맹'의 지휘 아래 모인 수만 명의 시위대가 아리카 대사관을 둘러쌌다.

"살인자 아리카 돌아가라.", "율반 주권 농락 말라."

대사관 정문 앞에서는 '구국동맹' 청년 회원 10명이 작두로 새끼손가락을 자른 뒤 "아리카 OUT, 핵무장 OK"라고 쓴 10장의 혈서를 대사관 담장에 붙여 놓았다. 국내외 방송사의 카메라가 이 장면을 생생하게 촬영해 전 세계에 방영했다.

이어서 '구국동맹'은 "율반을 탄압하는 선봉장인 아리카 대사와 OPA 지부장을 응징하겠다."며 체포 팀을 조직했다. 그러자 겁을 먹은 두 사람의 행방이 묘연해졌다.

이윽고 아리카 대사관을 점거하려는 움직임이 OPK(율반의 국가정보기관) 정보망에 잡혔다. OPK는 즉각 아리카 측에 통보했다.

"'구국동맹' 회원들이 대사관을 점거해 직원들을 인질로 잡으려고 사제 총기, 사제 폭탄, 칼, 도끼, 강력 접착테이프를 준비했다."

7개월 전 율반의 지방도시 얄틴에 있던 영사관 직원들이 인질로 잡혀 한 달 동안 곤욕을 치른 악몽이 떠오르자 아리카 대사관은 여직원과 비밀 문건부터 긴급히 대피시켰다.

그런데도 경찰은 시위대의 과격한 기세에 눌렸는지 진압에 적극성을 보이지 않았다. 분노한 아리카 대사가 "주권 침해"라고 항의하며 조속한 수습을 요구했다. 하지만 대학생을 사망에 이르게 한 귀책사유 때문인지 공감을 얻지 못했다.

사흘 뒤 추운 날씨에도 불구하고 100만 군중이 잔탄 광장에 모인 가운데 사망자의 장례식이 치러지면서 반아리카 감정이 최고조에 이르렀다. 민심을 달래기 위해 아리카 정부가 대학생 사망에 유감을 표명하는 성명을 발표한 데 이어, 장례식에 정부 조문단을 보냈다. 이에 맞춰 율반 정부도 가해자인 아리카 해병대 하사를 구속했다. 그런데도 시위대의 분노는 식을 줄 몰랐다.

그때 불난 집에 부채질하는 변수가 터져 나왔다. 유력한 보수매체 P일보가 '민심 경청론(傾聽論)'을 제기한 것이다.

「아리카 군대와 핵우산이 철수하려는 마당에 나라를 지키려면 핵
무장은 당연히 고려 대상이 될 수 있다. 정부는 국민의 소리를 경
청할 의무가 있다.」

사실상 국민들의 핵무장 요구를 받아들이라는 압박이었다. 국민들
은 열광했다. 그러자 여론을 의식한 다른 언론사도 '민심 경청론'에 동
조하기 시작했다. 과격한 군중 시위가 계속되는 가운데, 군부에 이어
언론까지 핵무장 대열에 가세하자 OPA 율반 지부는 본국에 긴급 보고
를 했다.

「율반 국민의 핵무장 열망과 반(反)아리카 감정이 비등점에 이르
렀음. 조속히 사태를 수습하지 않으면 상황이 돌이킬 수 없는 국
면으로 빠져들 우려가 있음.」

「사태가 악화된 데에는 율반 정부의 소극적인 수습이 가장 큰 원
인으로 작용했음. 율반 정부로 하여금 강력한 수습책을 펴도록 압
박해야 할 것임.」

며칠 뒤 율반과 아리카의 정상회담이 2월 초 태평양 한가운데에 있
는 호와우(가상의 섬)에서 열린다는 발표가 나왔다.

OPK 전임 국장의 배신

시국 불안이 계속되는 가운데 반 의장은 정상회담 준비에 골몰하고 있었다. 그때 비서실장이 황급히 달려왔다.

"큰일 났습니다. Y가 푸룽소(가상의 나라)로 빠져나갔습니다."

Y는 얼마 전 해임된 OPK 국장의 별칭이다.

"여권을 압수했는데 어떻게 빠져나갔어? 철저히 감시하라고 했잖아."

"여권을 한 개 더 만들어 숨기고 있었다고 합니다. 우리 공항분실장이 출국하도록 눈감아 준 것 같습니다."

내외국인의 출입국 동향을 감시하는 OPK 공항분실의 실장은 Y가 키워 준 고향 후배였다.

"빠져나간 것을 어떻게 알았소?"

"요구를 들어주지 않으면 폭로하겠다고 협박하는 메일을 저한테 보냈습니다."

비서실장은 인쇄해 온 메일을 내밀었다.

「나의 불찰이 아무리 크다 해도 소같이 부려 먹고 개같이 버릴 줄 은 몰랐다. 더구나 그 사람은 내 가족까지 잡아들인 냉혈한이다.」

반 의장의 얼굴이 굳어졌다.

「너무나 분한 마음에서 반 의장의 부정축재 리스트를 갖고 나왔 다. 모두 천문학적인 금액이다. 내가 백동도에서 안전부장과 나눈 대화 녹취록도 갖고 있다. 반 의장과 만날 때마다 기록해 놓은 비 망록도 있다.」

반 의장의 얼굴이 하얘졌다.

「재미있는 얘기를 해 줄까? 지금 수루(가상의 나라)에 반 의장의 세 살 된 딸이 살고 있다. 육군참모총장 당시 비서실 소속 여군 타 자수와의 사이에 태어났다. 반 의장에게 버림받은 엄마와 함께 살 고 있다. 지난해 10월 여자가 딸을 데리고 율반으로 들어와 의장 을 만나게 해 달라고 떼를 쓰는 통에 OPK 예산으로 20억 원을 줘 서 돌려보낸 적이 있다.」

반 의장이 "후우" 하고 한숨을 내쉬었다.

「의장에게 배신당하고 보니 돌아갈 마음이 없어졌다. 단도직입적
으로 요구한다. 천만 불을 보내라. 그렇지 않으면 아리카에 신변
보호를 요청하겠다.」

반 의장은 암담했다. Y가 폭로전을 벌이면 핵무장은 물론이고, 민선
대통령의 꿈도 물거품이 되기 때문이었다.

"요구를 들어준다 해도 약점을 잡고 계속 괴롭힐 놈이다."

선택의 여지가 없어진 반 의장에게 구세주와 같은 인물이 떠올랐다.
OPK 소속 육군 중령인 M 요원. 그는 납치, 암살 공작이 주특기다. 10
년 전 뷰티남 전쟁에서 직속상관이던 반 의장과 생사고비를 함께 건너
온 사이다.

"귀관, 푸롱소에서 근무한 적 있지?"

"3년간 근무했습니다. 언어도 통하고 지리도 밝습니다."

"인맥도 여전하지?"

"연락을 주고받는 친구들이 있습니다."

"푸룽소에서 공작을 벌인 적이 있지 않나?"

"말씀드리기 어렵습니다. 용서하십시오."

반 의장은 M의 투철한 직업의식이 매우 마음에 들었다.

"좋아. 그런데 Y 국장 알고 있지?"

"얼마 전까지 모셨고 개인적으로도 잘 알고 있습니다."

"문제가 생겼어."

반 의장으로부터 설명을 듣고 난 M은 다음 날 반 의장에게 공작계획을 보고했다.

"일주일 뒤에 푸룽소에서 수교 백 주년을 축하하는 행사가 열립니다. 그때 우리 사절단을 태우고 갈 전세 비행기가 뜹니다. 사흘 뒤 전세기가 돌아올 때 태워 데려오겠습니다."

"전세기에 태운다고?"

"안전가옥으로 유인했다가 약물을 투여해 의식불명으로 만든 다음, 항공사 유니폼을 입히고 위독한 승무원으로 위장해 전세기에 태우겠습니다."

"주권 침해라고 난리가 날 텐데. 다른 방식은 없을까?"

"신분을 세탁하고 침투해서 조용히 처리하겠습니다."

"자세히 설명해 보게."

"지판(가상의 나라)을 거쳐 우사루엘(가상의 나라) 레이파 항구로 가서 소형 화물선을 타고 지중해, 지브롤터 해협, 북해, 도버 해협을 거쳐 벨루에(가상의 나라)로 들어갑니다. 거기서 자동차를 타고 푸롱소(가상의 나라)로 들어가 임무를 마친 뒤 역방향으로 귀환합니다. 경험해 본 코스입니다. 오가는 데 보름 정도 걸립니다."

"보름이나 걸리면 안 돼. 그사이 그놈이 무슨 일을 벌일지 모르니까."

대광 선발대 도착

반 의장은 호와우로 출발하기에 앞서 율반의대 최장규 박사를 불렀다.

"시작도 박사님이 하셨으니 조금만 더 수고해 주십시오."

다음 날 차이퐁을 거쳐 대광으로 들어간 최 박사는 반다륜 의장이 원하는 핵무장 스케줄을 강명 위원장에게 전했다. 이튿날 대기하고 있던 대광 선발대 3명이 잠수정을 타고 율반 서해 북단에 도착했다. 날이 밝자 율반의 미사일 사령부 요원 3명과 합류한 선발대는 사전 답사에 나섰다. 일주일 뒤 결론이 내려졌다.

「핵탄두를 어선에 실어 한 번에 한 개씩 동해와 서해로 나누어 옮긴다. 율반 내 운반은 율반이 책임진다.」

「핵탄두는 율반의 동부지역 여섯 곳, 서부지역 여섯 곳, 중부지역 여덟 곳에 한 개씩 배치한다.」

「핵탄두는 율반이 개발한 성무-V 중거리 탄도 미사일(사거리 300~5,000㎞)에 탑재한다.」

「탑재를 위한 사전 작업은 양측이 공동으로 한다.」

그사이 호와우의 딜런 호텔에서 정상회담이 열렸다. 첫 번째 만남임에도 분위기가 싸늘했다.

"사태가 악화된 것은 귀측이 안이하게 대처했기 때문입니다. 조속히 진정되지 않으면 양국의 친선과 이익을 해칠 수 있다는 점을 똑똑히 알기 바랍니다."

톰슨 대통령의 공격을 받고 반다륜 의장은 불쾌했지만 품격을 지키려고 애썼다.

"불가항력적인 측면이 있었던 점을 이해 바랍니다."

그럴수록 톰슨의 발언은 거세졌다. 초장부터 기선을 잡으려는 모습이 역력했다.

"시국을 정상화하는 강경조치를 속히 취해 주십시오."

명령조의 말을 듣고 기분이 상한 반 의장이 역공을 폈다.

"사태가 혼란해진 것은 아리카 군인이 우리 학생을 죽였기 때문 아닙니까?"

발끈한 톰슨이 반박했다.

"학생의 죽음은 대사관을 무단으로 침범해서 일어났습니다. 주권이 침해당하는데 가만있으란 말입니까?"

감정까지 개입되자 아리카 요청으로 휴식에 들어갔다. 화가 난 톰슨이 압력 카드를 만지작거렸지만 참모들이 말렸다.

"상황이 급박하게 돌아가고 있습니다. 제재를 가하기엔 시간이 촉박합니다."

하는 수 없이 사태를 조속히 수습하고, 핵무장 열기를 주저앉히는 조건으로 보상을 해 주는 거래를 하기로 방향을 틀었다. 회담이 속개되자 톰슨은 세 개의 당근을 내밀었다.

「아리카의 전략자산을 율반에 순회 배치」

「율반군 장비 개선 지원」

「비관세 장벽 검토 백지화」

그러자 반 의장이 한 발짝 더 나아갔다.

"그럴 바엔 전술핵을 도로 갖다 놓는 게 어떻겠습니까?"

전술핵 카드는 다목적 포석이었다. 만일 성공하면 커다란 리스크를 무릅쓰면서까지 대광의 핵탄두를 받을 필요가 없게 되고, 거부당하면 대광의 핵탄두를 반입하는 명분이 쌓이기 때문이었다. 놀란 톰슨이 소리쳤다.

"율반은 핵확산금지조약(NPT)에 가입했습니다. 전술핵 재배치는 불가합니다."

"형식논리에 구애받을 상황이 아닙니다. 전술핵을 주시면 강경 진압을 해서라도 질서를 회복하겠습니다."

톰슨은 불쾌하게 생각했지만 강경 진압을 하겠다는 말에 반색해 반 의장을 달래려고 했다.

"협조해 주시면 율반의 민정 이양이 순조롭게 진행되도록 지원하겠습니다.”

5개월 뒤 치르는 직선제 대통령 선거에서 반 의장을 지원하겠다는 암시였다. 그러자 반 의장은 꿩 대신 닭이라도 잡아야겠다고 마음을 고쳐먹었다. 전략자산이 순회 배치되면 대광의 핵 위협에 맞서는 모양새라도 갖출 수 있어 훌륭한 귀국 선물이 되기 때문이었다. 이윽고 아리카가 제시한 당근을 율반이 받아들이고, 율반은 사태의 빠른 수습을 위해 특단의 조치를 취하기로 하면서 타결이 이뤄졌다.

그 시각, 푸롱소(가상의 나라)의 갈리 항구에서 소형 선박이 화물을 싣고 있었다. 화물은 뚜껑이 밀봉된 드럼통 한 개. 밤이 되자 선박은 먼바다로 나가 바다 위로 드럼통을 굴렸다. 그리고 선장은 소음 권총으로 바다에 떠 있는 드럼통을 향해 다섯 발을 쐈다. 구멍이 숭숭 뚫린 드럼통은 바다 밑으로 천천히 가라앉았다. 선박이 항구로 돌아온 것을 먼발치에서 지켜본 남자는 조용히 사라졌다.

대광의 지원 사격

2월 중순. 정상회담 결과에 이목이 쏠린 가운데, 대광이 보내는 첫 번째 핵탄두가 어선에 실려 어부로 위장한 전문가 5명과 함께 대광의 한적한 어촌을 출발했다. 어선은 율반 영해를 침범한 10분 뒤 해경에 나포됐다. 어선이 항구에 도달하자 기다리던 OPK에 인계됐다. 선박에서 내려진 핵탄두는 특수 차량에 실려 미리 선정해 둔 지점으로 이동했다. 그리고 성무-IV 탄도 미사일에 탑재하는 작업을 마쳤다.

그로부터 핵탄두가 매일 1~2개씩 들어왔다. 핵탄두를 은밀하게 옮기는 작업이 90% 진행된 2월 말. 대광이 놀라운 발표를 했다.

「같은 민족끼리 화해 분위기 조성과 강국 건설을 하기 위해 강명 위원장이 내린 용단을 세계에 알린다.」

「율반의 핵무장을 반대하지 않는다. 율반이 원하면 핵무장을 도와줄 용의가 있다.」

세계가 깜짝 놀랐다. 대광의 핵무기를 향한 비난은 온데간데없이 사라지고 율반이 제안을 받느냐 마느냐 하는 쪽으로 관심이 옮겨 갔다. 특히 핵무기가 없는 나라에게 핵무기를 가지려는 욕망을 부추기면서 강대국들이 주도해 온 핵 비확산 정책이 난관에 부딪힐 위기를 맞았다.

아리카도 발칵 뒤집혔다. OPA가 배경을 분석했다. 그러나 대광의 핵탄두가 반입된 것을 알지 못한 OPA는 헛다리를 짚을 수밖에 없었다.

「율반 국민들의 핵무장 열망에 편승해 실현 불가능한 미끼를 던짐으로써 율반 내부를 분열시키고 율반과 아리카 사이를 벌려 보려는 이간질로 보임.」

「따라서 율반 정부가 뇌화부동하지 않도록 철저히 대처할 필요가 있음.」

아리카는 율반 정부가 대광의 제안을 받아들이지 않도록 감시, 견제하는 활동을 전 방위적으로 진행했다. 결과는 대성공. 율반 정부의 누구도 대광의 제의를 반기는 사람이 없었다. 핵탄두가 반입된 사실을 모르는 안보보좌관과 외상은 "목숨 걸고 반대한다."는 맹세까지 했다. 그러나 율반 정부는 아무런 반응을 보이지 않았다. 안보보좌관이 지침을 받으려고 반 의장을 찾았다.

"아리카를 비롯해서 우리와 인접한 지판(가상의 나라), 차이퐁(가상의 나라), 토이완(가상의 나라)까지 거부반응을 심하게 보이고 있습니다. 대광의 제안을 빨리 거부하라고 재촉하고 있습니다."

반 의장이 담담하게 지침을 내렸다.

"이렇게 전하세요. 핵무장을 하지 않는다는 것이 일관된 우리의 방침이다. 대광의 속셈을 알 수 없는 상황에서 자칫하면 말려들 수가 있어 반응하지 않을 뿐이다.”

대광의 제의에 대해 율반 정부가 침묵하는 것과는 반대로 국민들은 열광적으로 반겼다. 핵무장 시위를 주도해 온 '보수자주연합'과 '구국동맹'은 절호의 기회를 놓칠 수 없다며 끝장을 내기로 작정했다.

3월 초. 잔탄 광장에 20만 명이 운집했다. 붉은 머리띠에 화염병과 죽창을 들고 중장비까지 동원한 시위대는 집회를 마치고 대열을 네 갈래로 나누어 시위를 벌였다. 시위대는 아리카와 율반 정부를 향한 적개심을 노골적으로 드러냈다.

한 무리의 시위대가 굴삭기를 몰고 아리카 대사관 정문을 밀어붙였다. 경비병들은 대학생을 죽였던 트라우마 때문인지 엉거주춤하게 막아서려 했다. 그 틈을 비집고 천 명가량의 군중들이 물밀듯이 뛰어 들어가 연좌 농성을 벌였다.

“핵무장 반대하는 아리카는 돌아가라.”

다른 무리는 트럭 3대와 버스 2대에 나눠 타고 아리카 군부대 앞을 지나는 척하다가 갑자기 방향을 틀어 부대 안으로 돌진했다. 기습에 당황한 아리카군은 시위대가 무장을 하지 않았기 때문인지 자위권을 행사하지 않고 우왕좌왕했다. 시위대가 탄 차량들이 확성기로 구호를 외치며 부대 안을 점령군처럼 누비고 다녔다.

"갓 댐 양키! 핵무장 반대 말라."

또 다른 수천 명의 무리는 율반의 정부 종합청사로 난입해 로비와 마당을 점거하고 농성에 들어갔다.

"대광의 제안을 받아들이지 않는 정부는 해산하라."

나머지 수만 명의 시위대는 시가지 차도의 1, 2차선을 꽉 메운 채 구호를 외치며 행진했다.

"핵무장만이 살길이다. 정부는 대광의 제안을 수용하라."

끝없이 이어진 시위 행렬로 교통이 마비되고 가두의 상가도 철시했다. 그러나 시민들은 불평은커녕, 시위대를 향해 박수를 치고 음료수를 건네며 열렬히 응원했다.

경찰이 드디어 고무탄, 최루탄, 살수차를 동원해 강경 진압에 나섰다. 그러자 시위대는 화염병과 투석으로 맞섰다. 순식간에 부상자가 속출하고 도심지는 매캐한 연기가 자욱한 무법천지로 변했다.

그때 40대의 승려가 시가지 한복판에서 강경 진압에 항거하며 분신하는 사건이 일어났다. 생명은 건졌지만 분노한 불교계가 일어나고, 뒤이어 천주교계도 일어났다. 그러자 핵무장을 촉구한 뒤 근신하던 군부 안에서까지 동요가 일어났다.

"극심한 혼란 사태가 전선을 지키고 있는 군의 사기를 떨어트리고 있다. 이는 국방력 약화로 이어질 우려가 있다."

자국의 대사관과 군대가 주둔지에서 공격당한 아리카의 분노도 절정에 이르렀다. 보수 매체인 아리카 저널(가상의 신문)은 "단교도 불사해야 한다."는 강경론을 폈다. 이윽고 아리카 대통령실의 대변인이 나섰다.

"율반 정부는 가능한 수단을 총동원해 사태를 수습하겠다는 약속을 이행하기 바란다. 더 이상 우리 주권이 보호되지 않으면 자위권 발동을 주저하지 않겠다."

난국(難局) 상황 속에서 아리카 측과 시위대 사이의 유혈 충돌이 우려되자 드디어 율반 정부가 수도 드봉에 위수령을 발동했다. 무장 군인들이 탱크를 앞세우고 중요 지점을 평정하자 시위는 잦아들었다. 하지만 율반 국민들의 뜨거운 핵무장 열망은 아리카 국민들의 머릿속에 깊이 새겨져 있었다.

아리카 여론의 반전

OPK 특별 팀이 기획한 핵무장 스케줄은 율반 사회의 혼란을 방패삼아 순항하고 있었다. 3월 초순, 드디어 대광으로부터 핵탄두 20개의 반입이 감쪽같이 완료됐다. 그러나 깔끔하게 마무리 지으려면 풀어야 할 숙제가 남아 있었다. 그것은 아리카 여론을 반전시키는 일이었다. 아리카로부터 핵무기 보유를 인정받기 위해 거쳐야 할 필수 코스이기 때문이었다.

특별 팀이 눈이 빠지도록 대광의 액션을 기다리고 있을 때 드디어 신호가 왔다. 3월 중순 대광이 "율반의 핵무장을 지원할 용의가 있다."는 강명 위원장의 제의를 뒷받침하는 후속 성명을 발표한 것이다.

「율반이 핵무기를 가지면 우리는 아리카 본토를 타격할 수 없다.
아리카의 맹방인 율반이 우리를 지켜보고 있기 때문이다.」

성명의 효과는 즉각 나타났다. 율반이 핵무장을 하면 아리카가 대광의 핵 공격으로부터 안전해진다는 인식이 아리카 국민들 사이에 퍼지기 시작한 것이다.

"율반의 핵무장은 오히려 아리카와 대광 사이의 핵전쟁을 억제하는 예외적인 케이스가 될 것이다."

여론이 소용돌이치자 아리카의 AOC 방송이 여론조사를 실시했다. 결과는 예상대로였다. "율반이 핵무장을 하면 아리카를 겨냥한 대광의 핵 위협이 줄어들 것이라고 보느냐?"는 질문에 "그렇다." 65%, "더 위험해질 것이다." 32%로 대다수가 위협이 줄어들 것으로 봤다. "율반의 핵무장을 어떻게 생각하느냐?"는 질문에는 찬성 61%, 반대 32%로 찬성이 압도적이었다.

아리카 의회에서도 여론을 의식한 중진 의원들의 태도 변화가 눈에 띄게 나타났다. 그중에서도 톰슨 대통령이 속한 공정당의 월슨 상원 원내총무가 가장 적극적이었다.

"율반의 핵무장을 반대하는 것만이 능사가 아니다. NATO 방식의 핵무기 공유 방안을 검토하거나, 전술핵을 재배치하는 등의 유연성을 보여야 한다."

아리카의 여론이 반전되자 "8부 능선을 넘었다."고 자신한 반다룸 의장은 기습적으로 국민투표를 선언했다. 핵무장을 정당화하는 마무리 수순이었다.

"핵무장을 둘러싸고 국론이 분열되고 사회질서가 극도로 문란해진 상황을 더 이상 버려둘 수 없다. 국민들의 뜻을 받들어 핵무장 여부를 결정하기로 했다."

허를 찔린 국제원자력기구(IAEA)가 "중단하지 않으면 응분의 대가를 치를 것"이라며 강력한 수위의 제재를 경고했다. 그러나 율반은 굴복하지 않고 20일 뒤인 4월 초 대통령 직선제 개헌과 핵무장 여부를 동시에 묻는 국민투표를 강행했다. 그 전에 의회 통과 절차가 있었지만 1년 전 쿠데타로 국회를 해산한 뒤 설치한 비상 입법기구를 통과하는 것은 요식행위에 지나지 않았다. 투표율 75%, 찬성 70%로 국민투표가 통과됐다. 반다룸 의장의 가슴속엔 만감이 오갔다.

"멀고도 험난한 길을 지나 여기까지 왔다. 이제 핵보유를 인정받는 일만 남았다."

편두각(片豆閣) 정상회담

며칠 뒤인 4월 중순. 세계를 놀라게 하는 이벤트가 율반과 대광 사이의 중립지대에 위치한 편두각(片豆閣)에서 열렸다. 적대적으로 대치해온 반다륜 의장과 강명 위원장이 손을 잡은 것이다. 두 시간의 비공개 만남이 끝나고 회견이 열렸다.

"만난 목적이 무엇입니까?"

"율반 반도의 평화를 위해 만났습니다. 작년 5월 충돌이 있은 뒤 서로 간에 많은 성찰의 시간을 가졌습니다. 만나야 믿음이 생기고, 믿음이 생기면 싸울 일이 없습니다."(강명)

"합의 사항이 있습니까?"

"같은 민족이 갈라진 것도 서러운데 앞으로는 서로 도우며 지내기로 다짐했습니다. 구체적인 합의 사항은 조금 뒤에 발표할 것입니다."(반다륜)

그때 강명 위원장이 비장한 표정으로 입을 열었다.

"중대한 사실을 공개하겠습니다."

회견장이 쥐 죽은 듯이 조용해졌다.

"우리 대광은 동족 사이의 전쟁을 끝내고, 함께 강국으로 도약하기 위해 율반에 핵무기를 건넸습니다."

율반 핵무장의 대미(大尾)를 장식하는 역사적 순간이었다. 기자들 사이에 "우와!" 하는 탄성이 터져 나왔다.

"얼마 전에 핵무장을 도와주겠다고 제안했는데 핵무기가 벌써 율반에 들어왔다는 말입니까?"

"그렇습니다."

"완성된 핵무기를 건넸다는 말씀이죠?"

"그렇습니다."

"핵무기를 건넨 배경을 말씀해 주십시오."

"함께 핵무기를 가지면 평화를 누릴 수 있습니다. 핵전쟁이 일어나면 공멸하는데 전쟁이 일어날 수 있겠습니까?"

"함께 핵무장을 해서 오히려 분단을 고착시킬지 모르는데, 그렇다면 핵무기를 건넨 것이 위원장님이 말씀하신 두 개의 국가론과 같은 맥락에서 이뤄진 겁니까?"

"두 개의 국가론은 분단을 받아들인다는 뜻이 아닙니다. 통일이 될 때까지 간섭하지 말고 잘 지내자는 취지입니다."

"언제, 어떤 핵탄두를, 얼마나 건넸습니까?"

"밝힐 수 없습니다."

"율반이 핵탄두를 요구한 겁니까?"

"과정에 대해서도 말하지 않겠습니다."

"핵무기를 건넨 대가가 있는지요?"

"같은 민족끼리 돕는 데 대가가 있을 수 없습니다."

"대광이 가진 핵무기가 율반을 도와줄 만큼 여유가 있는지 알고 싶습니다."

"말하지 않겠습니다."

"다른 나라도 알고 있었습니까?"

"관심 없습니다."

이번엔 반다륜 의장에게 질문이 쏟아졌다.

"대광의 핵무기를 받아들인 이유가 무엇입니까?"

"아리카 군대의 철수가 예고된 뒤 나라를 지켜 주는 안전판이 필요하다고 생각했습니다."

"얼마 전에 국민투표를 실시했는데 시간적으로 보면 그 전에 핵무기가 들어왔을 수도 있지 않습니까?"

"구체적 일정은 밝히지 않겠습니다."

"핵무장과 관련해서 앞으로의 계획을 말씀해 주십시오."

"맨 먼저 핵무장을 금지하고 있는 핵확산금지조약(NPT)에서 탈퇴하겠습니다. 이미 핵무기를 가진 만큼 조약에 구애받을 필요가 없어졌습니다."

"국제적인 제재가 예상되는데 어떻게 대처할 생각입니까?"

"핵무장에 대한 국제사회의 태도가 변하고 있지 않습니까? 상황이 달라지고 있습니다."

"만약 제재를 당하면 어떡하시겠습니까?"

"가정(假定)을 전제로 한 질문에는 대답하지 않겠습니다."

"핵무기를 가진 소감을 말해 주십시오."

"기쁩니다. 동시에 핵보유국의 지위를 인정받는 시간이 기다려집니다."

회견을 마치고 두 사람은 밖으로 나와 작별 인사를 나눴다. 반다륜 의장이 강명 위원장의 귀에 대고 나직이 말했다.

"전자공장 기공식 때 뵙겠습니다."

강 위원장은 빙긋이 웃고는 손을 흔들며 떠나갔다. 두 사람이 떠난 뒤 양측 대변인이 합의 사항을 발표했다. 어마어마한 내용들이 쏟아졌다.

「함께 핵무장을 한 만큼 동족끼리 공생공영(共生共榮)하는 시대를 열기로 한다. 모든 합의 사항은 6개월 안에 이행하고 필요하면 세부 사항을 따로 협의한다.」

「양측 간에 평화협정을 체결한다.」

「서로의 체제를 인정하고 간섭하지 않는다. 율반은 안보법을, 대광은 사회당의 '적화통일' 규약을 폐지한다. 확성기, 전단, 전파, 미디어를 통한 비방을 중지한다.」

「양측 정상회담을 정기적으로 개최한다.」

「양측의 수도에 대사관 수준의 상주 대표부를 설치한다. 양측은 상대방의 대표부 설치에 적극 협조한다.」

「양측 간의 교류를 확대하기 위해 끊어진 철도와 도로를 연결한다. 민족의 영산(靈山)인 광두산에 공항과 호텔을 합작 건설한다.」

「대광에 도로, 교량, 산업체, 종합병원, 의약품 공장을 건설하고 지하자원을 개발하는 데 율반이 자본과 기술을 지원한다.」

대광의 핵탄두가 감쪽같이 율반으로 들어온 사실이 공개되자 강력한 제재를 경고했던 아리카와 국제원자력기구(IAEA)는 닭 쫓던 개처럼 허탈감을 감추지 못했다.

엇갈린 행로(行路)

천신만고 끝에 핵무장에 성공한 율반은 축제 분위기로 들썩였다. 국민들은 반다륜 의장이 연출한 깜짝쇼에 놀라움을 감추지 못했다. "반다륜"을 연호하며 위대한 지도자로 칭송했다. 율반의 핵무장에 세계가 놀라고 있던 그때 아리카 톰슨 대통령이 핵무기에 대한 새로운 입장을 발표했다.

"지금 세계는 핵무기가 두려움의 대상에서 평화를 지켜 주는 전환점에 서 있다."

비핵국가의 핵무장을 앞장서서 비토해 온 아리카의 정책이 사실상 막을 내린 것이다. 핵무기에 대한 아리카 여론의 변화와 톰슨이 추구하는 고립주의 외교 노선을 반영한 선택이었다. 자연히 핵 제재도 유명무실해질 수밖에 없었다. 그러자 율반 옆에 있는 지판(가상의 나라)이 기다렸다는 듯이 핵무장에 착수한다고 선언했다.

"6개월 안에 핵실험을 마치겠다."

지판은 30년 전에 체결한 아리카와의 원자력 협정을 통해 핵연료를 재처리할 권리를 가지고 있었다. 때문에 무려 46톤의 플루토늄을 보유하고 있었다. 6개월 안에 핵무기를 만들 수 있는 능력을 충분히 갖춘 것이다.

뒤이어 차이퐁(가상의 나라)과 영토 분쟁을 겪고 있는 토이완(가상의 나라)도 핵무장 방침을 선언했다. 이에 뒤질세라 동유럽, 중동, 아프리카에서까지 우후죽순처럼 핵무장 선언이 쏟아졌다. 폭풍이 한꺼번에 몰려오자 당황한 IAEA는 권위를 잃지 않으려고 안간힘을 썼다.

"핵무장 시도를 당장 멈출 것을 엄중히 경고한다."

그러나 대세가 기운 마당에 IAEA의 경고는 공허하게 들릴 뿐이었다.

율반의 핵무장으로 촉발된 핵무기 춘추전국(春秋戰國) 시대가 펼쳐지면서 공포의 화신인 핵무기가 어느새 평화를 지키는 안전판으로 자리매김하고 있었다.

7월 중순. 국제적인 핵무장 파동이 잠잠해진 가운데, 율반의 대통령 직선제 선거가 치러지고 반다륜 후보가 당선됐다. 취임 첫날 반다륜 대통령이 집무실에 들어서자 강명 위원장이 보낸 축하 화분이 놓여 있었다.

"강 위원장이 많이 보고 싶군."

며칠 뒤 최장규 박사가 강명 위원장의 상태를 알아보려고 매일 아침 하던 대로 강 위원장의 딸에게 전화를 걸었다. 그런데 딸이 울면서 말을 잇지 못했다.

"영애님, 무슨 일 있으십니까?"

"갑자기 쓰러지셔서……."

일주일 뒤 대광의 수도 판구에서 치러진 강명 위원장의 장례식에 참석하고 육로로 돌아오던 반다륜 대통령은 편두각(片豆閣)에 차를 세우게 했다. 3개월 전 강 위원장과 회담했던 방으로 들어서자 왈칵 눈물이 쏟아졌다. 한참을 울고 난 뒤 밖으로 나오니 편두각 앞뜰에 평화의 상징인 하얀 데이지 꽃이 활짝 피어 있었다. 데이지 꽃을 쓰다듬던 반다륜 대통령이 고개를 들고 강명 위원장이 잠들어 있는 대광 쪽을 바라봤다. 산 너머 짙푸른 하늘에 강명을 닮은 형상의 흰 구름이 뭉게뭉게 피어오르고 있었다.

"평화를 선물한 당신, 저 하늘에서 다시 만납시다."

공작새 쓰러지다

ⓒ 이청, 2025

초판 1쇄 발행 2025년 6월 5일

지은이   이청
펴낸이   이기봉
편집   좋은땅 편집팀
펴낸곳   도서출판 좋은땅
주소   서울특별시 마포구 양화로12길 26 지월드빌딩 (서교동 395-7)
전화   02)374-8616~7
팩스   02)374-8614
이메일   gworldbook@naver.com
홈페이지   www.g-world.co.kr

ISBN   979-11-388-4335-5 (03810)